AF202650

Tucholsky Wagner Zola Scott Sydow Freud Schlegel
Turgenev Wallace Fonatne
Twain Walther von der Vogelweide Fouqué Friedrich II. von Preußen
Weber Freiligrath
Fechner Fichte Weiße Rose von Fallersleben Kant Ernst Frey
Engels Fielding Hölderlin Richthofen Frommel
Fehrs Faber Flaubert Eichendorff Tacitus Dumas
Maximilian I. von Habsburg Fock Eliasberg Zweig Ebner Eschenbach
Feuerbach Ewald Eliot Vergil
Goethe Elisabeth von Österreich London
Mendelssohn Balzac Shakespeare Dostojewski Ganghofer
Trackl Lichtenberg Rathenau Doyle Gjellerup
Mommsen Stevenson Tolstoi Hambruch Droste-Hülshoff
Thoma Lenz Hanrieder
Dach Verne von Arnim Hägele Hauff Humboldt
Karrillon Reuter Rousseau Hagen Hauptmann Gautier
Garschin
Damaschke Defoe Hebbel Baudelaire
Descartes Hegel Kussmaul Herder
Wolfram von Eschenbach Schopenhauer Rilke George
Bronner Darwin Dickens Grimm Jerome
Melville Bebel Proust
Campe Horváth Aristoteles
Bismarck Vigny Barlach Voltaire Federer Herodot
Gengenbach Heine
Storm Casanova Lessing Tersteegen Grillparzer Georgy
Chamberlain Langbein Gilm Gryphius
Brentano Lafontaine
Strachwitz Claudius Schiller Kralik Iffland Sokrates
Katharina II. von Rußland Bellamy Schilling Gibbon Tschechow
Gerstäcker Raabe
Löns Hesse Hoffmann Gogol Wilde Vulpius
Luther Heym Hofmannsthal Klee Hölty Morgenstern Gleim
Roth Heyse Klopstock Kleist Goedicke
Luxemburg Puschkin Homer Mörike Musil
La Roche Horaz
Machiavelli Kierkegaard Kraft Kraus
Navarra Aurel Musset Lamprecht Kind Kirchhoff Hugo Moltke
Nestroy Marie de France Laotse Ipsen Liebknecht
Nietzsche Nansen Ringelnatz
Marx Lassalle Gorki Klett Leibniz
von Ossietzky May vom Stein Lawrence Irving
Petalozzi Platon Knigge
Sachs Pückler Michelangelo Kafka
Poe Liebermann Kock Korolenko
de Sade Praetorius Mistral Zetkin

Der schöne Valentin

Helene Böhlau

Impressum

Autor: Helene Böhlau
Umschlagkonzept: toepferschumann, Berlin

Verlag: tradition GmbH, Hamburg
ISBN: 978-3-8424-0374-1
Printed in Germany

Ziel der TREDITION CLASSICS ist es, tausende deutsch- und
fremdsprachige Klassiker wieder in Buchform verfügbar zu
machen. Die Werke wurden eingescannt und digitalisiert. Dadurch
können etwaige Fehler nicht komplett ausgeschlossen werden.
Unsere Kooperationspartner und wir von tredition versuchen, die
Werke bestmöglich zu bearbeiten. Sollten Sie trotzdem einen Fehler
finden, bitten wir diesen zu entschuldigen. Die Rechtschreibung der
Originalausgabe wurde unverändert übernommen. Daher können
sich hinsichtlich der Schreibweise Widersprüche zu der heutigen
Rechtschreibung ergeben.

Text der Originalausgabe

Helene Böhlau

(Frau al Raschid Bey)

Der schöne Valentin

In einem vom Verkehre abgelegenen Platze des winkeligen Städtchens lag ein altes, wunderliches Häusergehocke. Vor Zeiten war dieser Platz ein Teich gewesen, und die erwähnten Häuser lagen auf einer Art Damm, der einst dem Wasser Schranken gesetzt hatte und sich jetzt über das Niveau der Straße einige Fuß erhob. Sie hatten es sich auf dem fest ummauerten Unterbau recht bequem gemacht und waren ansehnlich alt geworden. Zur großen Annehmlichkeit war der Damm breiter als die auf ihm angesessenen Gebäude, so daß die Leutchen in den erhöhten Häusern über den Häuptern der Vorübergehenden auf- und niederwandeln und vor den Türen sitzen konnten. Eine schmale, steinerne Treppe führte von da aus erst zur eigentlichen Straße hinab. Der Volksmund hatte vor Jahrhunderten diese eigentümliche Baulichkeit »das Kannerückchen« getauft, und von Kind auf Kindeskind hatte sich die Benennung fortgeerbt. Der Platz, an dem das Kannerückchen lag, war von ärmlichen Wohnungen umgeben und mit einer Eichenpflanzung, die nicht im besten Gedeihen stand, bedacht worden. Ein einziger Baum hatte sich vor den anderen kräftig entwickelt und machte durch sein gesundes Verbreiten und sein schönes Emporstreben die Armseligkeit seiner Genossen noch augenscheinlicher. Seine jungen, kräftigen Triebe glänzten noch purpurn in der Sonne, wenn die Blätter der übrigen schon fahl und lebensmüde an den Zweigen hingen, und im Winter stand der Baum in dichtes, braunes Laub eingemummt, und mochte der Sturm noch so hart um die allen Giebel und Wipfel toben, der Baum überließ ihm nicht ein Blättchen, hielt alle fest, auch wenn das tolle Wetter zwischen seinen Zweigen herumwirtschaftete, daß sich ihm der braune Pelz aufsträubte. Um die armen Genossen sah es auch da übler aus; die reckten die dürftigen Äste kahl gen Himmel, und auf dem Boden wirbelte ihr Hab und Gut im Winde.

Auf diesem alten Platze trieben die Schuljungen, die sich aus Gassen und Gäßchen hier zusammenfanden, ihr Wesen, und an feuchten, geheimnisvollen Herbstabenden klang dort ihr schrilles, langgezogenes Schreien so eigen, wie es nur an Herbstabenden klingen kann, wenn die Töne in der bewegten, neblig dämmerigen Luft verschwimmen und, wieder auftauchend, von neuen, helleren überklungen werden. An solchen wunderlichen Abenden, wenn aus den Fenstern schon die Lichter glänzten, jagten sich die Jungen unter den Eichen. Auf dem vertrauten Kannerückchen hockten sie auf den Schwellen und sahen, vom Rennen ermüdet, in die Dämmerung. Von den nahen Feldern her zog um diese Jahreszeit der kräftige Geruch der Kartoffelfeuer über die Stadt hin und weckte in den Herzen der Buben verlangende Gefühle. In den Häusern aber auf dem Kannerückchen, da saßen die braven Leute behaglich in ihren Stuben und waren schon nahe daran, sich die Zipfelmütze über die Ohren zu ziehen.

Unter den alten, windschiefen Dächern wohnten friedliche, gute Leute in bester Nachbarschaft. Sie kannten sich alle schon seit langen Jahren, waren wohllöbliche Angesessene des Städtchens und ehrbare Bürger. Jeder von ihnen konnte dem andern einen guten Abend und guten Morgen bieten, ohne sich etwas zu vergeben.

Zwei kleine Läden, die des Abends umständlich mit eisenbeschlagenem Bretterwerk und Stangen unter Verschluß gebracht wurden, gereichten dem Kannerückchen zu gutem Ansehen. Ein Uhrenhandel wurde in dem einen Laden betrieben, und den andern hatte ein Instrumentenmacher seit langer Zeit inne und schien sich darin wohlzubefinden. Das ganze windige Musikervolk aus der Umgegend, aus Dörfern und Städtchen, mußte bei ihm seinen Bedarf an allerlei Musikinstrumenten holen. Er war der einzige seiner Art in weitem Umkreis und war gut daran, da seine Kunden die Sache nicht so genau nahmen und eine Geige, wenn sie nur recht kratzte, für ein nützliches Ding erklärten, in dem Falle nämlich, daß es damit etwas zu verdienen gab.

Oben im Häuschen des Instrumentenmachers wohnten zwei alte Jungfern, Jette und Rosina Degele, die sich ehrbar als Schneiderinnen durchhalfen und ein paar respektable Personen waren, auf welche die Bewohner des Kannerückchens mit Achtung und einem gewissen Stolz blickten, denn das Schicksal hatte das Dasein der beiden mit einem in den alten Häusern ungewohnten Luxus ausgestattet. Verschiedenerlei war es, was sie vor den andern auszeichnete. Zum ersten lagen ihnen gesellige Pflichten ob, denen sie mit Würde und Eifer nachzukommen suchten. Jährlich ein-, zweimal hatten sie eine Pastorin und deren Base, die beide mit ihnen in Bekanntschaft standen, bei sich zum Nachmittagskaffee zu Gaste. An solchen Tagen ging es bei den Jungfern hoch her, und sie hatten ihre

Freude an dem Überflusse, wenn sie, nachdem die Gäste den Rücken gewandt hatten, in dem nach allerhand Süßigkeiten duftendem Stübchen vor den noch reichlich gefüllten Kuchenschüsseln saßen. Was die beiden Degeles aber in den Augen der übrigen mit einer Art Nimbus umgab, war, daß Rosina ein altes, verstimmtes Klavierchen besaß, an dem der Instrumentenmacher schon oft sein Glück versucht hatte und auf dem das gute Weib Feierabends manch rührende Stücke abspielte, seit Jahren immer dieselben, mit derselben Liebe und Weihe. Wenn dann an warmen Abenden die hellen, schwirrenden, harfenartigen Töne durch das offene Fenster auf den Platz hinausklangen, da hatten die Nachbarn ihre Freude daran, und die Töne, welche Rosina dem Klavier entlockte, mochten vielleicht mancher armen Seele wohlgetan haben, in welcher Frühlingsahnung aus Sorge und Arbeitslast hervorbrechen wollte und nur auf eine Bewegung wartete, die ihr das schwer verwahrte Tor öffnen möchte. Und an der Schwester hatte Rosina jederzeit eine stille und andächtige Zuhörerin.

Ein altes Ehepaar verhalf ferner dem sonderbaren Kannerückchen zu einem Schmucke; die alten Leute hatten den kleinen Platz vor ihrer Türe, sie wohnten am Ende des Kannerückchens, zum Gärtchen umgewandelt und pflegten dies mit großer Liebe. Ihrer Mühe, die sie sich um die Ecke gaben, half die Südsonne nach, so, daß vom ersten Frühjahr bis in die Fröste hinein der kleine Fleck in Blüte stand und den Leuten den Wechsel der Jahreszeiten schön verkündete. Kamen im März die Aurikeln hervor und wurden von der Handvoll gelber Krokus die schützenden Tannenzweige fortgenommen, so war wohl keiner auf dem Kannerückchen, der nicht seine Bemerkung jahraus, jahrein darüber gemacht hätte. Diejenige aber, die das Gedeihen des Gartens am regelmäßigsten und eifrigsten beobachtete, war eine alte Trödelfrau. Die wohnte mit ihrem Kram in einem der Hinterhäuser in unbeschreiblicher Umgebung von tausend Lumpen und Dingen, die in anscheinend rätselhafter Unordnung aufgehäuft lagen.

Diese alte Frau trug Winter und Sommer eine braune Pelzmütze. Niemand hatte sie je ohne diese gesehen; aber man wußte, daß sie dieselbe wegen einer Neigung zu Kopfreißen trug.

Die Alte hieß Machlett; sie war trotz eines scheinbar mürrischen Wesens eine ganz vertrauenerweckende Persönlichkeit und hatte ihre guten Seiten. Jedenfalls war ihr Interesse für den kleinen, fremden Garten ein unverfängliches; in ihm sprach sich vielleicht bei ihr die zusammengefaßte menschliche Sehnsucht nach Unerreichbarem, Tiefgewünschtem aus. Sie stand oft versunken vor dem Holzgitter und schaute in die Blumenpracht hinein, und kam dann einer vorüber, der auch seine Freude an dem blühenden Eckchen hatte, so fühlte sie sich veranlaßt, die Vorzüge des Gartens an das rechte Licht zu bringen. Sie hatte da eine Auswahl verschiedentlicher Bezeichnungen, um den Fremden die Schönheit ihres Idols recht einleuchten zu lassen. »Ein hübsches Eckchen!« oder »schöne Pflänzchen!« oder »so was lobt man sich!« Sie hatte ihre bestimmten Ausdrücke. »Ein Paradiesgärtchen!« – das sagte sie, wenn sie bei Feiertagslaune war, mit ihrer trockenen, rauhen Stimme, so daß der, an den sie sich mit ihrer Bemerkung wandte, meinte, sie brumme ihn an, und seines Weges ging, ohne ihrer groß zu achten. Die Alte war von den Nachbarskindern ihres Aussehens wegen ziemlich gefürchtet, aber mit Neugierde beobachtet. Sie schlichen ihr gerne nach und sahen ihr zu, wenn sie in ihrem Hofe die allen erhandelten Sachen lüftete und sortierte.

Nun habe ich so manchen Einwohner der Häuser genannt, aber den Helden der Geschichte nicht. Und außerdem noch manche nicht, von denen sich allerlei sagen ließe, die sich aber äußerlich stille verhielten, sich von der Zeit mitschleppen ließen, ohne viel Wesens daraus zu machen, die ihre Arbeit taten und sich einigermaßen allnächtlich davon erholten: die sich vielleicht sonntags besonders sorgfältig wuschen und reine Wäsche anzogen – vielleicht. Unser Held also war der Sohn des Instrumentenmachers, hieß Valentin und hauste mit seinem Vater in dem kleinen Laden, der zu gleicher Zeit als Werkstatt und Wohnraum diente und sich ziemlich tief in das Haus hineinzog, ein dämmriger Aufenthalt, der nur am Fenster, an dem die Geigen hingen, ein sonnenhelles Plätzchen hatte. Da stand des Meisters Arbeitstisch, und wenn die Sonne zu ihnen hereinschien, warf sie die schwarzen, gestreckten Schatten der Geigen auf die vom Alter fahle Diele.

Valentin war der einzige Sohn. Die Mutter hatte frühe wegsterben müssen; von ihr hatte er eine für ihn überflüssige, große Schönheit ererbt. Er war schön vom Kopf bis zur Zehe, schön in seinen Bewegungen, ein Meisterstück der Natur. Bei weitem übertraf er das, was man so gang und gäbe einen schönen Knaben nennt, zu welchem Ausspruch der Anblick roter Wangen, heller Augen und krausen Haares gar leicht verleitet. Über des Instrumentenmachers Sohn schien Schönheit ausgegossen zu sein. Sie hatte ihre Heimat in ihm aufgeschlagen und bekräftigte ihr Dasein in seiner Erscheinung. Seine Schönheit war nicht lachend und heiter, war nicht das, was man reizend nennt, nicht einschmeichelnd, sondern ernst und unverständlich für viele. Der Knabe hatte etwas Unnahbares in Blick und Bewegung, und es schien, als sei das Schicksal der Vereinsamung auch ihm auf die Stirne geprägt, wie es jedem vor den anderen ausgezeichneten Menschen mit einer königlichen Gabe zugleich überkommen muß. Die Nachbarsleute sahen den jungen Valentin täglich von seiner frühesten Kindheit an unter sich; aber daß einer an dem schönen Geschöpfe seine Freude gehabt hätte? – Gott bewahre. Sie bemerkten ihn kaum; trotzdem aber, wenn sie mit ihm in Berührung kamen, empfanden sie etwas wie Verlegenheit, wie Unentschlossenheit. Eine Art ärgerlichen Gefühls beschlich sie, wenn sie in seine ernsten, wunderbaren Augen blickten, die wie aus einer anderen Welt zu ihnen aufschauten. Und wirklich war es wohl nur die körperliche Schönheit, die einen Zauberkreis um ihn zog, sonst unterschied er sich von den Knaben seines Alters nicht besonders. In keiner Weise war er begabt, auch nicht einmal das, was man geschickt nennt. Was er betrieb, betrieb er lässig, ohne Feuer und Liebe zur Sache. Er hatte keinen Freund unter den Knaben, und wenn er sich unter sie mischte, fühlte er sich nur geduldet und hatte die Art unbeschäftigter, unangeleiteter Kinder, überall im Wege zu stehen. Saß er auf der Türschwelle und schaute, weil er nichts zu unternehmen wußte, auf seine Füße, so hinderte er sicher jemanden am Ein- und Ausgehen, bekam einen Stoß, ein unfreundliches Wort und wußte nicht wie. – Lief Jungfer Jette Degele, im Gefühle ihrer unklar gestalteten Lebensstellung, bei halber Dämmerung mit dem Wassereimer zur Treppe hinab, Kopf und Schultern in ihr altes Umschlagetuch gehüllt, das sie bei solcher Verrichtung zu tragen pflegte, in dem unsicheren Gefühl, auf diese Weise symbolisch die eigene Bedienung vorzustellen, rannte sie sicher an Valentin an, der auf der Treppe hockte oder gelangweilt am Geländer lehnte, – kurz, er war immer das, woran sie stieß, was sie in ihrer Eile unliebsam aufhielt, so daß sie mit der Zeit in den heftigsten Widerwillen gegen den Knaben versetzt wurde. Es sind oft kleine Zufälligkeiten, die uns lieblos gegen eine Person werden lassen. Doch stehen diese Zufälligkeiten mit den Eigenschaften der beiden sich nicht Wohlwollenden in enger Verbindung.

Valentins Vater war ein ruhiger, gesetzter Mann von schwacher Gesundheit, der dumpf hin sein Geschäft betrieb und sich damit zufrieden gab, daß die Waren, welche er lieferte, einigermaßen zusammen hielten. Vater und Sohn saßen sich des Abends gewöhnlich stumm gegenüber, nachdem sie ihr Abendessen mit gutem Appetit eingenommen hatten. Der Alte bastelte nach der Arbeitszeit dann noch etwas Unbestimmbares an seinem Werktische, trug in sein Buch ein und führte mit dem Sohne hin und wieder gleichgültige, alltägliche Gespräche. Er war ein zufriedener, trockener Mensch, der zu seinem Sohne eine ruhige, kaum bemerkbare Liebe hegte.

Außer seiner Schönheit aber hatte der Knabe dennoch eine eigentümliche Gabe auf den Lebensweg mitbekommen. Doch mochte es fraglich sein, ob dies zweite Geschenk ihm zum Glücke dienen würde; denn es schien auch überflüssiger Art. Valentin hatte ein phantastisches, zu Träumen leicht geneigtes Hirn.

Wenn ihn abends das Zusammensitzen mit dem Vater langweilte, schlich er sich sachte hinaus, setzte sich auf den äußersten Rand des Kannerückchens, ließ die Beine herabbaumeln und sah in den Himmel. Seine alte Katze, die sich zu ihm hingezogen fühlte, fand sich bei ihm ein und ließ sich schmeicheln. Die Nachbarskinder jagten zu seinen Füßen und blieben von ihm unbeachtet; sie hieben sich in die derben Gesichter und gingen gegenseitig miteinander um, als wären sie unzerbrechlich, lagen im erdigen Sande und wurden nicht lehmfarbener, als sie von Natur schon waren. Im seltensten Falle neckten die Buben den einsamen Träumer, und einmal nur war es geschehen, daß ein verschmitzter Geselle unten an der Mauer hinschlich und den Tiefversunkenen an den am Rande des Kannerückchens herabhängenden Beinen heruntergezogen hatte. Der aber war gründlich betrogen und blieb nicht unbestraft. Valentin wurde durch das rohe Vergreifen an seiner sanften Person von einer zitternden Wut befallen und walkte den Frechling durch, daß es eine Art hatte. Der mochte es sich so nicht haben träumen lassen und sprach von da an mit einem gewissen Respekt von Valentin. Als Schüler hatte Valentin wenig Glück; wie eine schwere Last lag die tägliche Unfreiheit der Schule auf ihm. Die Arbeiten, die er zu liefern hatte, entstanden bei ihm in einem traumähnlichen, verworrenen Zustande.

Niemand kümmerte sich um ihn; der Vater entrichtete das Schulgeld und hatte damit seiner Ansicht nach die Pflichten, die ihm die Bildung seines Sohnes auferlegte, vollkommen erfüllt. Erbarmte ihn ja einmal das unglückliche, dumpfe Hinbrüten des Knaben, dem eine Rechenaufgabe wesenlos im Kopfe spukte, so raffte er sich wohl auf, um dem armen Tropfe beizustehen, schüttelte aber gar bald nur den Kopf über die unnötige Anhäufung unklarer Begriffe, die in das Hirn der neuen Menschheit gezwängt würden, und dem guten Valentin war wenig damit geholfen.

Das Erwachen am Morgen mit dem Gefühle, unentrinnbar zur Schule zu müssen, erfüllte seine ersten bewußten Augenblicke mit Sorge und Schwere. Nur in den Ferien und Sonnabend nachmittags war sein seelisches Wesen unverkrüppelt. Da entfaltete sich sein Empfinden und erfüllte ihn freudig; seine äußere Schönheit wurde von einer zum Leben erwachenden Seele verklärt. Er fühlte sich wohl, tief wohl, und die stillste Stunde wurde ihm zum beglückenden Zeitraum, die einfachste Unternehmung zu einem wünschenswerten Ereignis. Zu solchen Zeiten bargen die gerümpelhaften Häuser auf dem Kannerückchen ein Geschöpf, das in seiner einfachen Vollkommenheit dem armen, elenden, von Häßlichkeit, Krankheit und Überklugheit heimgesuchten Menschengeschlechte wie ein Bild aus glücklicheren Zeiten erscheinen konnte, aus Zeiten, die Gestalten und Seelen rein und schön hervorbrachten. Die armen Häuser umschlossen dann eine Offenbarung der Natur, die den Verständnisvollen mit Trauer über seine eigene und der Masse Krüppelhaftigkeit erfüllen mußte. So einfach und schön Valentins Körper sich gebildet hatte, so war er auch von manchen schönen Kräften belebt, von einer unbewußten Güte, einem tiefen Zug zum Unnennbaren, Unbekannten und einem grenzenlosen Verlangen nach Freiheit.

Eine gute Freundin, die es wohl mit ihm meinte, hatte er an der allen Machlett: derselben, die auch dem schönen Blumengärtchen von Herzen zugetan war. Bei der verbrachte er manche Stunde. Sie erlaubte ihm, in ihren Sachen zu kramen, so viel er wollte und schwatzte gerne mit ihm.

Von allen aus der Nachbarschaft war die Alte diejenige Person, deren Wesen sich mit dem des Knaben verbinden konnte und die Einfluß auf ihn hatte. Dieser Einfluß beschränkte sich darauf, daß sie durch Erzählen und eine eigenartige Auffassung der Dinge Valentins Phantasie erregte. Die Frau Machlett hatte eine poetische Art zu denken und zu sehen, und das war es, was den schönen, nach Heimatluft seiner jungen Seele dürstenden Knaben an die alte Frau fesselte.

Sie war im Grunde ein elendes Geschöpf, das um sein bißchen Lebensunterhalt unverhältnismäßig kämpfen mußte. Wie es aber schien, achtete sie ihr Dasein als etwas Wertvolles, das zu verlängern und zu unterhalten man sich keine Mühe verdrießen lassen dürfe, war dazu immer gutes Mutes und hatte ihre Freude daran, wenn sie recht solid satt geworden war. Sie wohnte in einem Stübchen, das zum Hofe hinausging; das war gehörig mit altem Gerümpel ausstaffiert. Kein Stück paßte zum andern, und nur daß alles zu einem gewissen, einheitlichen Stadium der Abnutzung gekommen war, gab den Dingen eine verwandtschaftliche Beziehung untereinander. – Sie hatte allerlei merkwürdige Bilder, die an den Wänden hingen, in den Jahren zusammengekauft. Darunter befand sich auch ein eingeräuchertes Ölgemälde, welches einen gepuderten und bezopften Kavalier vorstellte, der vor Zeiten die Verpflichtung in sich gespürt haben mochte, sich malen zu lassen, um mit seiner werten Person einen bestechenden, erfreulichen Eindruck lebenden und kommenden Geschlechtern zu machen. Jetzt hing dieser Herr, von allen Verbindungen, die ihn einst umgeben hatten, längst abgesondert, in dem Stübchen der Trödelfrau. Ein anderes Bild, welches sie sich nicht selbst erworben, sondern von ihrem Sohne, der in Bayern auf einem Dorte das Schusterhandwerk betrieb, vor Jahren geschickt bekommen, hatte seinen Platz über dem steifbeinigen, schmalen Sofachen, das, einigen vergoldeten Leisten und Linien nach, einst bessere Tage gesehen haben mochte. Es war ein einfach grob kolorierter Holzschnitt, den die Alle nicht allzu sorgfältig in einem nicht dazu passenden, ovalen, schnörkelhaften Rahmen untergebracht hatte. Dieser Holzschnitt stellte in unklarer Umgebung, die dem Künstler offenbar Schwierigkeiten gemacht haben mußte und etwa einer Bretterbude ohne Dach glich, den Heiland am Kreuze mit den beiden Schächern ihm zur Seite dar. Diese Gruppe nahm ohne jede perspektivische Stellung die obere Hälfte des Bildes ein, und die untere war durch ein unglaubliches Übereinander von Schultern und Köpfen ausgefüllt. Im Hintergrunde sah man feste, dunkelblaue Berge.

Valentin wurde von der kindlich unvollkommenen Weise, ein Ereignis darzustellen, angezogen; besonders als die Machlett ihm sagte, woher das Bild stamme und was es vorstelle, schien es ihm das bedeutendste Stück der für ihn anziehenden Einrichtung der Alten.

Sie erzählte ihm, daß ihr Sohn in einem bayerischen Dorfe lebe. Er sei dorthin verschlagen worden. Es gehe ihm aber gut. Der Sohn habe ihr, wie schon gesagt, das Bild einst geschickt und dazu geschrieben, daß in einem Nachbardorfe im Gebirge die Bauersleute des Herrn Jesu Leidensgeschichte aufgeführt hätten auf einer Bühne, wie sie der Maler auf dem Bilde, so gut es ginge, abgezeichnet. Der Sohn hatte nicht genug beschreiben können, wie gar rührend und schön sie das Leiden des Herrn darstellten. Und der, der den Herrn und Heiland habe spielen dürfen und den sie an das Kreuz gehängt hätten, sei ihm wohl bekannt, da er eine Zeitlang bei ihm in Arbeit gestanden.

»Den Namen hat der Sohn unter das Kreuz geschrieben«, sagte die Alte, als sie die Bedeutung des Bildes dem Knaben einst erklärte, und zeigte Valentin ein grobes, unleserliches Gekritzel, welches Valentin nie hatte entziffern können. »Die vielen Köpfe«, hatte der Schuster geschrieben, »die unten auf dem Bilde zu sehen sind, bedeuten die Bauersleute, welche dem heiligen Schauspiele mit zugeschaut haben.«

Das Bild habe er am Abend, als alles zu Ende gewesen sei, in einem kleinen Kram gekauft, und derjenige, der den Heiland vorgestellt, wäre sogar mit ihm gegangen und hätte das Bild, welches ihn selbst am Kreuze hängend darstellt, ausgesucht.

Die Machlett erzählte dies mit einer gewissen Feierlichkeit, die auf den Knaben ihre Wirkung nicht verfehlte. Es machte ihm einen wunderbaren Eindruck, daß ein Mensch den Heiland dargestellt, und daß man ihn auch dafür angesehen habe, und er wurde nicht müde, die alte Machlett zu fragen: wie das möglich sein könne; ob er auch in Wirklichkeit eine Dornenkrone getragen, und ob er Jünger gehabt habe; was er geredet und wie alles gewesen sei; auch wie er am Kreuze sich halten konnte. Die alte Machlett schien ihm, seit er erfahren, daß ihr Sohn mit diesem wunderbaren Menschen, der den Gekreuzigten vor so vielen Leuten vorgestellt, so nahe bekannt war, eine Zeitlang mit einer Art Weihe umgeben. Es war ihm, als hätte sie nähere Verbindung mit dem Allerhöchsten als andere Menschen. Und der Eindruck, den das Bild und die Erläuterungen der Frau Machlett auf ihn machten, war ein tieferer, als man wohl annehmen mochte. Das Bild blieb, so oft er es von da an wieder betrachtete, bedeutungsvoll für ihn.

Wollte man von dem Platze aus zu den Stadtteilen gelangen, die sich über die Stadtmauer hin ausgedehnt hatten, so mußte man durch ein von einem altersgrauen Turm gekröntes Tor gehen. Diesen Weg machte Valentin mit der Machlett öfters.

Eines Tages, als die Dämmerung schon sanft hereingebrochen war, gingen die beiden wieder einträchtiglich nebeneinander der Stadt zu. Vor ihnen lag das alte Johannistor im Abendschein. Der Himmel leuchtete grünlichblau und strömte ein mattes Licht aus, und der alte Turm hob sich dunkel von dem hellen Hintergrunde ab. Er hatte ein spitzes, aus großen Quadern gemauertes Dach, auf dem ein Strauch fest eingenistet war. In den Lücken und Rissen des Mauerwerks hatten es sich aller Art Vögel wohnlich gemacht und umflatterten geschäftig das Gemäuer. An der Seite des Turmes, auf den die beiden zugingen, war ein kleiner, aus rohen, breiten Steinen gefügter Altan angebracht.

»Seid Ihr einmal da oben gewesen, Frau Machlett?« fragte Valentin. »Da kann kein Mensch mehr hinauf«, erwiderte die Alte. »Die Treppe ist zusammengefallen, oder sie haben sie abgebrochen.«

»Aber was ist jetzt dort oben?« fragte er.

»Ratten«, sagte sie trocken.

»Was hatten sie denn früher in dem Turme? Wohnte vielleicht jemand dort oben?«

»Ganz früher haben sie ein Gefängnis darin gehabt, und auf dem kleinen Altane mußten die, die nicht gutgetan hatten, in Sonne und Regen vor aller Augen stehen; die Frauen und Mädchen. Das waren harte Zeiten, damals; meine Großmutter selig hat es noch mit angesehen. Von einer, die Apollonia Berg hieß, wußte sie eine traurige Geschichte, die wir dummen Mädels oft von ihr hören mußten. Du lieber Gott! – Die Zeit vergeht!« In Gedanken vertieft, schüttelte die Alte den Kopf.

Valentins Gemüt erregte sich bei den Andeutungen der alten Machlett schon, und vor seinen Augen begann sich ein geheimnisvolles Leben um den Turm zu bewegen.

»Du kennst doch das Haus in der Brüdergasse«, fuhr seine gute Freundin fort, »in dem wir früher wohnten? Das hat schon den Eltern der Großmutter gehört, und wir Geschwister mußten es bei der Erbteilung verkaufen. – Es ist das Eckhaus in der Brüdergasse, links. Da weiß ich noch, wie die Großmutter an einem Winterabende – wir saßen alle um den Tisch, auf dem das Talglicht brannte – uns ihre Geschichte von der Apollonia zum ersten Male erzählt hat und weiß noch, wie sie aufstand, an das Fenster trat und hinaus in den Mondschein sah, der hell auf das gegenüberliegende Haus schien; wie sie nach dem Haus zeigte und sagte: ›Da, wo jetzt die Müllern wohnt, das Fenster, das gerade zu uns hersieht, das ist das Fenster, an dem die Apollonia saß.‹; Wir sahen damals alle scheu danach hin, der Mond glitzerte silbern auf jenen Scheiben, und uns war es beklommen zumute. – Die Großmutter hatte uns erzählt, wie sie als Kind mit der Apollonia gespielt und wie sie abends miteinander auf einem Bänkchen vor der Türe gesessen hätten, und daß sie oft, weil es damals so gar streng nicht gewesen war, um die Schulstunde entwischt seien und auf der Fähre, die an der Stelle, wo jetzt die Brücke ist, hin und wieder ging, für einen Pfennig übergefahren wären. Das Apollönchen habe sich täglich allerlei ausgesonnen, was die Großmutter getreulich mit ihr zusammen dann ausgeführt.

Sie konnte uns nicht genug beschreiben, was für ein besonderes Mädchen ihre Freundin gewesen sei. Sie soll braune Augen und schönes, blondes Haar gehabt haben, womit sie sich ihren Gefährtinnen gegenüber rühmte. – Daß sie eine Seltenheit sei, hat sie ihnen immer erzählt und hat ihnen im Spaß gesagt, sie sollten sich nur im Städtchen umsehen, so etwas Rares wie sie fänden sie nicht noch einmal: nur noch der gelbe Spitzhund am Johannistore habe solche Augen und Haare. –

Dann, sagte die Großmutter: ein Lachen, wie die Apollonia an sich gehabt habe, wäre ihr zeitlebens nicht wieder vorgekommen: manchmal, wenn sie an das Mädchen dächte, sei es ihr, als hörte sie es noch. – Aus irgendeinem Grunde, ich glaube, bei den Eltern der Großmutter wurde gebaut, da schlief die Großmutter bei den Nachbarsleuten mit in der Kammer ihrer guten Freundin. Da hat sie ihr beim Schlafengehen einmal etwas erzählt: es war eine dumme Schulgeschichte, die sie miteinander erlebt hatten: wie ein Mädchen, das wegen ihrer Sanftmut und ihrer Unentschlossenheit bekannt war und deswegen von den andern gehänselt wurde, den Entschluß faßte, etwas Außerordentliches zu tun. Und was tat sie? – Sie warf dem Lehrer mit großer Ruhe und Ernsthaftigkeit eine tüchtige Semmel mitten in der Stunde an die Nase und stemmte sich nach der Tat heulend mit beiden Armen auf den Schultisch. – Weißt du, so machen es die Mädels«, wandte sich die Machlett noch insbesondere an Valentin. »Darüber hat die Apollonia in der Erinnerung so gelacht, daß sie sich in ihrem Hemdchen, wie sie oben ins Bett steigen wollte, auf die Kammerschwelle gesetzt habe, die Arme um die Knie geschlungen und gelacht habe, als wollte sie nicht wieder aufhören. – Die Großmutter sagte, sie hätte ihr Lebtag den Anblick nicht vergessen können, so schön sei das Mädchen da gewesen und so voller Leben, wie ihr nie wieder eine vorgekommen. – Solche Geschichten hörten wir von der Apollonia gar zu gerne, und sie bewegten uns sehr, und vor jeder einzelnen, je unschuldiger sie war, grauste es uns später ganz eigen, denn das Mädchen hat ein böses Schicksal gehabt. Die Großmutter erzählte uns Dinge von ihr, die uns jungen Mädchen tagelang nicht aus dem Kopfe wollten.« Die Alte schwieg.

»Weiter, Machletten«, sagte Valentin und zupfte die Alte am Rocke.

»Als ob das eine Geschichte für so einen Jungen wäre«, erwiderte sie.

Da blickte sie Valentin mit seinen schönen Augen bittend an.

»Wie eins aus dem anderen kam, kann ich dir nicht sagen«, fuhr die Machlett fort, »weil ich es nicht weiß. Ich glaube auch, die Großmutter hat uns nie von der Apollonia erzählt, wie man eigentlich erzählen muß. Wenn sie sich an sie erinnerte, fing sie an, wie sie es gerade im Sinne hatte, bald dies, bald das. – Der Oheim der Apollonia, der hat hier vor der Stadt einen Garten gehabt, und in dem haben sie alle Jahre ein großes Beet voll wunderschöner Tulpen gezogen, und die Apollonia mußte gegen Abend immer hinausgehen, um die Blumen zu begießen. Meine Großmutter hat sie da oft begleitet, auch noch, als sie schon große Mädchen waren; denn die beiden sind auch nach der Einsegnung ein Herz und eine Seele geblieben. Und als die Großmutter Braut wurde, da wußte die Freundin haarklein, wie das gekommen war. Apollonia aber schien anders geartet, die hatte von jeher wenig von Dingen gesprochen, die sie selbst etwas angingen, aber trotzdem zu jeder Zeit gehörig geplaudert, so daß niemand bemerkte, wie sie sogar schweigsam war über das, worüber andere nicht müde werden zu reden. Auch die Großmutter hat sich nicht viel Gedanken darüber gemacht, daß die Freundin ihr das Vertrauen nicht wieder zurückgab, denn sie war mit ihrer eigenen Herzensangelegenheit über alle Maßen beschäftigt. – Apollonia war seltsam hübsch geworden, wie man es im Städtchen nicht zu sehen gewohnt war, und sie kleidete sich so zierlich wie ein Fräulein. Sie wußte auch von manchem, der ein Auge auf sie hatte, behandelte aber solch eine Angelegenheit gleichsam, als ginge es sie nichts an. – Sie machte sich nicht viel daraus, wenn ein dummer Junge sich in sie vergafft hatte, aber für die Großmutter mit ihrem Schatz hatte sie ein warmes Herz. Und mit niemand soll es sich so vertraulich haben schwatzen lassen wie mit Apollonia; eben darum, weil sie hübsch zuhörte. ›Was du für ein närrisches Mädel bist!‹; so etwas hat die Großmutter wahrscheinlich zu ihr gesagt, als Apollonia wieder einmal über einen annehmbaren Anbeter kein Wesen machte. Darauf hat ihre arme Freundin erwidert: ›Wenn der kommt, der für mich ist, den werde ich schon lieben.‹; Das wäre das einzige Mal gewesen, daß sie von ihrem Zukünftigen gesprochen hat; und die anderen Mädel reden davon, so oft sie nur können. – So war es gekommen, daß die Großmutter gar nicht mehr daran dachte, daß ihre hübsche Apollonia auch ein Herz für sich habe.

Einmal gingen sie wieder miteinander zur Stadt hinaus. Es war der schönste Frühlingsabend, und in den Gärten duftete die frische Erde, das junge Grün und die Aurikeln blühten. Als die Mädchen in des Oheims Garten traten, der weit vor dem Johannistor lag, da hatten sie ihre Freude an dem Tulpenbeete. Die Großmutter war seit Wochen, nach langen Sorgen, endlich Braut geworden, und ihr erschien die Welt ganz wunderschön. Sie stand vor dem Tulpenbeet und sah, wie die bunten Tulpen mit den Köpfen nickten, weil der Wind ein wenig über sie hinging; du weißt doch, wie sie es dann an sich haben?« fragte die Machlett! und fuhr fort: »Die Apollonia hatte sie ganz vergessen. Die kniete am Weg und hielt ein zartes rosa Tulpenköpfchen wie einen Vogel zwischen den Händen und sagte mit einem ganz eigentümlich zärtlichen Tone so vor sich hin: ›Wollte Gott, die Liebe wäre sanfter!‹; So wunderlich soll sie das gesagt haben, daß die Großmutter erschrak und kaum wußte, wer gesprochen hatte. ›Was meinst du denn?‹; fragte die Großmutter. Da blickte Apollonia sie wie mit Glut übergossen an. Dann ließ sie ihre Tulpe aus den Händen fahren, daß der Stengel mit der Blüte auf- und niederschwankte, stand auf und stürzte auf die Großmutter zu, preßte sie an sich – so ist es uns immer erzählt worden – und bedeckte sie mit Küssen. Das soll sie zuvor noch nie getan haben. Sie hatte der Großmutter bis dahin noch keinen Kuß gegeben und sagte jetzt: ›So küßt dich dein Schatz, Bärbchen!‹; und sie lachte und küßte wie toll, daß der Großmutter ganz verwirrt zumute geworden ist. Aber die wagte Apollonia nichts darüber zu sagen, weil sie nicht wußte, was sie davon halten sollte, und vergaß auch das wunderliche Benehmen von Apollonia gar bald. – Nun aber waren sie einmal miteinander zum Tanze gegangen; die Großmutter mit ihrem Bräutigam, und Apollonia hatten sie mitgenommen. Wie sie in den Tanzsaal getreten sind, da soll die Apollonia sich sehr umgeschaut und kein Sterbenswörtchen gesagt haben, so daß die Großmutter und der Bräutigam sie darüber zur Rede setzten. Noch ehe sie aber geendet, sei es wie ein Lichtstrahl über das Gesicht des Mädchens gegangen. Zur Türe herein sei ein Fremder gekommen, der schon seit einiger Zeit auf einem Gute in der Nähe der Stadt sich aufgehalten habe, und über den sie im Städtchen schon lange ihre Bemerkungen gemacht hatten. Der ist stracks auf Apollonia zugegangen und hat sie begrüßt, als hätten sie sich nicht zum ersten Male gesehen. ›Kennst du den?‹; hat die Großmutter ihr zugeflüstert. Da hat die Apollonia sie mit einem einzigen flehenden Blicke angesehen und ganz glückselig das Köpfchen geschüttelt. Sie haben an dem Abend auch nur ein einziges Mal miteinander getanzt. Natürlich aber hatten sich die Leute doch sehr darüber gewundert; denn alle kannten den fremden Herrn von Ansehen, wußten aber wenig Bestimmtes über ihn zu sagen und wollten nun von Apollonia alles Mögliche wissen. Er war nur kurze Zeit im Tanzsaale geblieben, so daß es den Anschein hatte, als wäre es ihm wirklich nur um den einen Tanz mit der Apollonia zu tun gewesen. Das setzte die Leute in nicht geringe Aufregung, und das arme Mädchen konnte sich kaum vor Fragen retten. Gegen einige alte Basen, die nicht müde werden wollten, herumzuschnüffeln und zu horchen, soll sie an dem Abend ganz ausbündig ungehörig geworden sein. Da hat es böses Blut gesetzt. Manche mochten schon längst einen Ärger auf das schöne Mädchen gehabt haben und gönnten ihm das gleichmütige Leben nicht, das es führte. Sie war eine arme Waise und wurde von ihrem Oheim gut gehalten, hatte ein besseres Aussehen als die anderen Bürgerstöchter und nahm sich auch gegen alle Welt in ihrer Munterkeit ziemlich viel heraus; weil sie es aber für gewöhnlich recht anmutig tat, ließ man es ihr so hingehen. Seit dem Tanzabend aber, an dem sie sich wichtig mit dem fremden Herrn getan hatte, saßen sie ihr mit einem Male aus lauter Ärger auf dem Nacken, so daß sie um ihren guten Namen hätte bald recht besorgt sein können, wenn ihr alles zu Ohren gekommen wäre, was um sie her geschwatzt wurde. Nun erinnere ich mich einer ganz rührenden Geschichte. Ich meine, die rührend ist, wenn man bedenkt, wie alles endete. – Die Großmutter kam eines Abends zu ihr in das Stübchen, um mit ihr über tausenderlei zu sprechen; denn die Großmutter war zu der Zeit gerade dabei, sich die Aussteuer zu schaffen. Apollonia hörte ihr still zu und lächelte manchmal ganz gedankenlos, statt zu antworten. ›Was hast du denn?‹; fragte die Großmutter. Da soll Apollonia sie mit einem unbeschreiblichen Blick angesehen haben. ›Du bekommst recht viel schöne Sachen‹;, hat sie dann wie im Traume gesagt. Die Großmutter aber plauderte von ihren Angelegenheiten, von denen ihr Herz voll zu sein schien, weiter fort, so daß sie auf nichts anderes achtete. – So machen es die Bräute«, setzte die Machlett wieder erklärend hinzu.

»Apollonia war, während die Großmutter sprach, aufgestanden und neben ein kleines, niedriges Kommodchen getreten, in dem sie von Kindheit an ihr hübsches Allerlei aufbewahrt hatte. Und als die Großmutter fertig mit Erzählen war, da sagte Apollonia ganz zaghaft: ›Ich liebe das Kommodchen so sehr!‹; ›Warum?‹; fragte die Großmutter lachend und sah sich die Freundin ganz verwundert an. Da erwidert diese in ihrer alten, lustigen Weise: ›Weil etwas darinnen ist, was ich dir nicht und niemandem geben würde. Für alle deine feinen Sachen gäbe ich dir es nicht.‹; Indem sie das sagte, hat sie sich hingekniet und soll das Kommodchen ganz sachte geküßt haben. Dann hat sie sich mit der Stirn darauf gestützt und an der blanken Seitenwand ist sie mit der Hand daran auf- und niedergefahren, als streichele sie es, so wie man einen Hund streichelt. Wahrscheinlich hat das arme Ding irgendein Ringlein oder sonst etwas von ihrem Liebsten darin gehabt. Die Großmutter erfuhr nie, was es gewesen, und hat die Apollonia noch am selben Abend sehr darum gequält, es ihr zu sagen. Die aber ließ sich kein Wörtchen weiter darüber entschlüpfen. – Als sie den Kopf, den sie auf das Kommodchen gestützt hatte, wieder in die Höhe hob, da sind ihr die Tränen über die Wangen gelaufen, und sie hat mit zitternder Stimme gesagt, als die Großmutter ganz bestürzt auf sie zugekommen: ›Das macht nichts. Zum Leben gehört ebensoviel Weinen wie Lachen.‹; Dabei habe sie, noch immer kniend, die Hände wie zwei Waagschalen nebeneinander gehalten. Aber so gut war das Lachen und Weinen der armen Apollonia nicht zugemessen.«

Jetzt standen die Machlett und Valentin nahe vor dem Tore. Da blieb die alte Frau stehen, legte ihre Hand auf Valentins Schulter und sagte: »Du bist ein lieber Bursche, Valentin, und weißt nicht, wie böse es auf der Welt zugehen kann. So eine alte Schwatzliese, wie ich bin; was hast du mit der Apollonia zu tun? Der ging es so übel, wie es einem Weibe nur gehen konnte. Mitten in ihren jungen Jahren und in ihrer Schönheit tat sie, was vor der Welt ein großes Unrecht war, und mußte es schwer büßen. Alles, was sie von Glück gehabt hatte, ging ihr deshalb verloren. Weil sie so allerliebst und lustig gewesen, war sie von jedermann verwöhnt worden. Dabei blieb es nicht; alles nahm ein böses Ende. Die Großmutter erzählte, wie an einem stürmischen Oktobertag die Leute vor das Johannistor gegangen wären. Sie sagte, daß es Ende Oktober gewesen sei, und auf dem steinernen Ding, das wir da oben auf dem Turme sahen, da mußte an dem Tage die Apollonia für die Sünde, die sie getan hatte, stehen. Da, wo alles Gesindel seine Strafe abbüßte. Meine Großmutter hat sie dort gesehen. Die war damals gerade ganz jung verheiratet und sehr glücklich, und nie vergess' ich, wie sie uns erzählte, daß sie auch vor das Tor hinausgeschlichen sei, an den Häusern hin, und nicht um sich gesehen habe, weil sie vor Traurigkeit keiner Menschenseele hätte in die Augen schauen können, und wie sie draußen auf dem Platze alles still gefunden habe. Die Leute hatten sich um die Stunde schon verlaufen, der Regen wäre auch in Strömen herabgekommen, und der Herbstwind hätte gehörig geblasen, so daß sich niemand recht herausgewagt. Wie sie durch das Tor auf dem Johannisplatz angelangt ist, da haben nur aus den Fenstern der paar alten Häuser, die dem Tore gegenüber lagen und jetzt nicht mehr stehen, einige Leute geschaut. Und wie die Großmutter so weit vorgegangen ist, daß sie beim Umwenden die Apollonia hätte sehen können, so erzählte sie – und Gott verzeihe ihr die Sünde – jedesmal mit denselben Worten: ›War es mir doch, als sähe ich den lieben Heiland am Kreuze hängen. Trauriger hätte es mir nicht zumute sein können, als wie ich die Apollonia gesehen, die ich als ein gutes sittsames Mädchen gekannt und die nun ein großes Anrecht getan hatte, daß sie so sehr dafür leiden mußte. Sie lehnte ganz gerade an der Turmmauer, und die Arme hingen ihr herab. Der Sturmwind wehte eine Strähne von ihrem blonden, schönen Haar, so lang es war, an der Steinwand hin.‹; – Die Apollonia soll sich nicht umgeblickt haben, als die Großmutter sie in ihrem großen Schmerze beim Namen rief. Sie hat nur in die dunklen Regenwolken gesehen, die der Sturmwind über die Stadt hintrieb.«

Die Frau Machlett schwieg und schob sich an ihrem Korbe, den sie beladen auf dem Rücken trug, etwas zurecht.

»Nun?« fragte Valentin in Erwartung.

»Wart«, sagte die Alte, »ich könnte mir für meine Suppe heute abend noch etwas mitnehmen. Da gehen wir gleich zu Ellmerichs hinüber. Siehst du, wie gut, daß ich daran denke.«

»Und Apollonia?« fragte Valentin erregt.

»Von der«, fuhr sie beiläufig fort, »hat die Großmutter seitdem nichts mehr gehört. Sie ist aus der Stadt gezogen, und was aus ihr geworden ist, weiß niemand.« Nun kauften Valentin und seine Freundin miteinander das Häppchen ein, das die Alte zu ihrer Abendsuppe verwenden wollte. Die Kaufmannsfrau, die ihnen das Verlangte abmaß, erkundigte sich, wie es schien aus aller Gewohnheit, wie es mit dem Kopfreißen ihrer Kundin stehe, und ob die Mütze noch ihre Schuldigkeit tue. Sie fragte recht gutmütig, aber um die Mundwinkel zuckte es ihr verdächtig, und sie blickte eine muntere Dirne, die ihr zur Hand ging, verständnisvoll an.

»Ja, ja«, sagte die Machletten und drohte dem jungen Weibe mit dem Finger. »Lachen Sie nur. Wenn es in Jahr und Tag einmal über Sie kommt, will ich wünschen, daß sich für Sie so eine Mütze findet, die für den Schaden gut ist.«

Da lachten beide Frauenzimmer, als gäbe es für sie keine Leiden auf der Welt. –

»Ja, ja«, brummte die Alte noch einmal, nahm ihr Päckchen vom Ladentische und ging mit Valentin ihres Weges.

So wurde durch die Erzählungen seiner alten Gönnerin in Valentin vor allem andern der Sinn für alle Begebenheiten geweckt. Das war ganz das Rechte für den Träumer, und das Schicksal schien es darauf abgesehen zu haben, die Natur unseres Helden so zu entwickeln, als wüchse er im goldenen Zeitalter auf, in dem die Fähigkeiten nicht nötig hatten, das Zeichen der Dienstbarkeit an sich zu tragen und sich zum göttlichen Spielwerk der Geschöpfe, über welche sie gekommen waren, entwickeln konnten. Was sollte in unserer Zeit, in der alles zur Ausbeutung gebracht werden muß, Valentin mit dem Trieb, sich in Vergangenes zu versenken, anfangen, da ihm das Geld fehlte, auf den Professor der Geschichte und der Archäologie hin zu studieren? Außerdem ist es für den nutzbringenden Menschen durchaus nicht vorteilhaft, sich gerade der einen der drei Zeiten hinzugeben, in der schon alles abgetan ist, in deren Gebiet es wenig zu verdienen gibt; es sei denn, wie gesagt, daß ein Forscher von Profession sich darin umhertriebe.

Valentin aber kümmerte sich nicht viel darum, wie er die Tage verbrachte, und hatte seine Freude daran und ein wohltätiges, unnennbares Gefühl, wenn er vielleicht über einen alten, in einer Mauer verrosteten Haken die Phantasie sich ergehen lassen konnte. Er wurde dann nicht müde sich vorzustellen, unter was für Umständen der Haken eingeschlagen sei, was einst wohl daran gehängt haben mochte, und beschwerte ihn im Geiste mit den wunderlichsten Dingen. Mit geheimnisvollen Säcken, die von unbestimmbaren Gestalten hart in Gebrauch gesetzt waren; Schinken aus längstvergangenen Jahrhunderten sah er fremdartig und ehrwürdig daran baumeln. Dann wieder ließ er eine Lanze mit dicker, verblichener, roter Quaste an das eingerammte Eisenwerk lehnen und sah närrisch abenteuerliche Röcke und Wamse hängen. Was für Menschen mit dem alten Haken in Verbindung gestanden, wie deren Aussehen war, was sie geredet hatten, beunruhigte und erregte auch seine Neugierde. Ein wehmütiges, unheimliches Gefühl beschlich ihn, wenn er sich von der Natur des Hakens vollkommen überzeugt und ihn als außerordentlich alt befunden hatte.

Das Johannistor, das mit der Valentin so dumpf unverständlichen Geschichte der Apollonia in einem düsteren Zusammenhange stand, wurde für den Knaben von nun an der bevorzugte Schauplatz seiner Träumereien. Dem Hange zu solchem unnützen, geistigen Getue gab er so nach, daß er sich ein paar Male des Abends aufmachte und vor das Tor hinausschlenderte, sich draußen ganz behaglich auf eine hervorspringende Wurzel der schönen, vollaubigen Pappel setzte, die in der Nähe des Tores gerade und steif in die Höhe gewachsen war. Er lehnte sich hübsch bequem an den Stamm und vergnügte sich damit, seinen phantastischen Kopf mit aller Gewalt anzustrengen, bis er die Apollonia auf dem Altan zu sehen vermeinte, so deutlich, daß ihm fast davor graute, wie ihr der Strähn Haare im Winde an der Mauer hinwehte. Leibhaftig stand sie ihm vor der Seele, und der närrische Kerl fühlte sein Herz bei diesem geistigen Anblick erwachen. Alles, was er von Schönheit und Liebreiz ahnte, das strömte ihm die Gestalt der Apollonia aus.

So wenig ihm die Machlett vom Schicksal und Wesen des vergessenen Mädchens auch mitgeteilt hatte, so stand die längst Entronnene doch klarer vor der Seele des Knaben als irgendein lebendes Wesen. Er konnte sich von ihren Eigentümlichkeiten Rechenschaft geben, und an jedes Wort, an alle Andeutungen der Alten, die Apollonia betrafen, hielt er sich, als gälten sie einer geliebten Toten, die man mit Gewalt in seinem Innern am Leben halten möchte. Was ihn so unwiderstehlich zu dem Mädchen hinzog, war ihr schönes Lachen, das grell ihrem düstern Schicksale gegenüber stand. Ihre

Schalkhaftigkeit, deren die Machlett kaum Erwähnung getan, und die er fast erraten und durchgefühlt hatte, entzückte ihn und flößte ihm zu gleicher Zeit Grauen ein. Wie man nur das Bild seiner Allerschönsten im Herzen tragen kann, so beschäftigte er sich mit seinem wunderbaren Verhältnis zu dem vor ein paar Menschenaltern verkommenen und verstorbenen Mädchen. Ein paarmal gegen Abend trieb er es in seiner Träumerei so weit, daß er vor dem alten Hause in der Brüdergasse auf- und abwandelte und zu den Fenstern ganz verstohlen hinaufschielte, als wäre er in Sorge, die Leute könnten ihm auf der Stirn sein sonderbares Beginnen ablesen. Kam einer an ihm vorüber und blickte ihn, weil er von der großen Schönheit des Knaben betroffen war, scharf an, wurde Valentin rot bis unter die Stirnhaare. –

Wahrlich ein sehr verspäteter Liebhaber, der Liebhaber der hübschen Apollonia!

Allmählich war Valentin bei all seiner Träumerei zu einem jungen Burschen geworden, hatte die Schule mit ihren Mühen und Beschwerlichkeiten hinter sich und ging bei seinem Vater in die Lehre, ohne besondere Neigung zu dem Handwerke des Instrumentenmachers zu hegen. – Wie sich so etwas macht, der Alte hatte es gewollt, denn ihm schien es rätlich, daß der Sohn das Geschäft einst übernehme, und Valentin hatte sich ohne Widerstreben in des Vaters Willen gefügt. Das was er sein Lebtag mit den gleichgültigsten Empfindungen unter seinen Augen hatte entstehen sehen, war nun seine Lebensbeschäftigung geworden. In demselben Raume. in dem Valentin, solange er denken konnte, den Vater hatte Geigen fertigen lassen, ohne sich darum zu kümmern, mußte er nun an demselben Arbeitstische sitzen, an dem sein Vater sein Lebtag gesessen halte, und er kam so unbewandert mit den erforderlichen Kunstgriffen des Handwerks daran, als hätte er noch nie in die Instrumentenmachers-Werkstatt einen Blick getan.

Von früh bis abends mußte er tüchtig daran und tat es ohne Murren und ohne Freude. Der Vater hatte, um den Wohlklang seiner Instrumente zu prüfen, ein einziges Stücklein im Kopfe, das spielte und blies er jahraus, jahrein nun schon auf einer guten Anzahl Geigen und Waldhörner. Die eine Weise genügte dem Alten vollkommen, und nie hatte er das Bedürfnis gehabt, vielleicht der lieben

Abwechslung halber auf eine neue zu geraten. Jetzt nahm er sich vor, besagtes wohlbewährtes Stücklein, sobald es sich tun ließe, dem Lehrling auch einzuüben.

Valentin war eifrig bei der Arbeit, denn nichts lenkte ihn so recht davon ab. Seine Träumereien und Phantastereien vergnügten ihn auch jetzt nicht, denn von der arbeitsvollen Gegenwart war er mühselig benommen, so daß seine schöne Jugend sich ihrer selbst kaum bewußt wurde. Ein Tag nach dem andern verging, ohne daß etwas Auffälliges für ihn auf dem Kannerückchen oder in der Werkstatt geschah. Vater und Sohn saßen sich gegenüber und arbeiteten ernsthaft und langweilig.

An einem schönen Sommertage da zog der Lehrling seinen Feiertagsrock an und ging hinaus vor die Stadt durch das Johannistor, ohne an vergangene geheimnisvolle Schwärmereien zu denken. Zu einem Kameraden hatte er es noch immer nicht gebracht, und seine Altersgenossen vom Kannerückchen waren nun allenthalben bei verschiedenen Meistern und Brotherren verstreut, so daß er die freien Stunden fast ausnahmslos in seiner eigenen Gesellschaft zubringen mußte.

Als er vor die Stadt in das Freie hinausgekommen war, schlug er einen einsamen, schmalen Weg ein, der durch hohe Kornfelder führte. Hier ward er von niemandem gestört, denn alle übrigen gingen die große Straße. Jeder schien seine Freude daran zu haben, gesehen zu werden und die andern zu sehen. Valentin ließ den munteren Zug sonntäglich geputzter Leute abseits von sich bunt und geschwätzig nach Dörfern, Lustgärten und behaglichen Wirtshäusern strömen und ging still, von nichts Erfreulichem bewegt, durch die wogenden Kornfelder. Kein beseligendes Freiheitsgefühl überkam ihn; des Armen Blick war schon erweitert, und er fühlte die drückenden Fesseln, die ihm sein Lebtag nicht wieder abgenommen werden sollten, schwer auf sich lasten. Wenn er halb unbewußt auf seinem einsamen Gange an Zukünftiges dachte, so empfand, sah und hörte er nichts als Arbeit – Arbeit – Arbeit. Ihm war, als erfüllte dieser unselige Begriff die ganze Welt, und so rasch es sich tun ließ, dachte er nicht weiter, sondern schob mit seiner Schuhspitze einen rundlichen Stein trübselig vor sich hin; tat das aber mit einer gewissen Ausdauer und einem ganz gesunden Eifer, der darauf hindeutete, daß er vielleicht im Leben noch einmal gute Freundschaft mit jener auf der Menschheit liegenden, ihn jetzt bedrückenden Macht halten würde. – Die Sonne durchschien die weite Landschaft und erfreute alles, was auch nur einen Funken Leben in sich trug, und was eine Stimme, was nur ein Tönchen hatte, machte seinem Behagen Luft. Unendliches zirpte, sang, schwirrte in weitem Umkreis. Die Luft war von sanften Geräuschen belebt, alles ein lauter Ausdruck von Behagen, der die Welt von großer Anschuldigung zu entlasten sucht. – Unverständlich für Valentin verklang so tausendstimmiges Lob des Augenblickes, das Qual und Tod verbirgt: aber unermüdlich singt und lobt es fort an jedem sonnigen Sommertage.

Der Weg führte nicht mehr durch Felder, sondern schlängelte sich in schmalen, lustigen Windungen in einen dämmerigen Buchenwald hinein. Die Sonne blitzte durch das dichte Blätterdach in das grüne Dunkel: feuchtwarm, von keinem Windzug bewegt, ruhte die Luft zwischen den hohen Stämmen. Unserem Helden wurde es in dem stillen Walde zum ersten Male wieder seit langer Zeit heimlich zumute. Er bog im Verlangen nach neuem Ungewohnten vom Pfade ab und ging leicht und wohlgemut querwaldein. Das braune, vorjährige Laub zu seinen Füßen rauschte bei jedem Schritte. Das leichte Unterholz streifte ihm Schulter und Haare, hier und da raschelte es, huschte am Boden hin; eine Eidechse, ein Schlänglein. Er lauschte, bog die Zweige auseinander und blickte wie beglückt in das grüne Gewirre hinein. Und weiter, immer weiter drang er in der schönen Einsamkeit vorwärts. Alles, was seine junge Seele bedrückte, war vergessen, von ihm abgespült, und er wurde wieder, unberührt von jeder alltäglichen Sorge, ein glückseliger, dummer Junge. Jetzt ging er einen Bach entlang, der in durchsichtigster Klarheit ganz sachte seines Weges floß. Valentin sah etwas wie einen Schatten über den Grund des Bächleins hinschießen. »Das mochte ein Forellchen sein«, dachte er und freute sich darüber. Der Bach, wenn er unter dichtem, verdecktem Blätterwerk vorschimmerte, glänzte in tiefem Dunkel, und traf die Sonne seine bewegten Wellen, leuchtete es golden auf. Die feuchte Heiterkeit, die überfließende Frische, die alles in seiner Nähe ausströmte, als wäre hier die Wohltat Gottes ausgegossen, machte den jungen Valentin lebensfroh und jugendsicher. Er wurde nicht müde, an dem Bache hinzugehen, als wenn der schimmernde, grünfeuchte Rand kein Ende nehmen würde.

Wie ein Wunder lag mit einem Male ein kleiner, sanft leuchtender See vor ihm, den der freundliche Bach aus seinem Überflusse gebildet hatte: und wie ein Wunder lag er tief verborgen in weihevollster Einsamkeit. Valentin blickte träumend auf die kleine, unbewegliche Fläche. Dann lief er dem lockenden Elemente zu, bog sich zu ihm herab, um von seiner Klarheit zu schöpfen, und da, als er sich beugte, sah er seine Züge in dem dunkel-hellen Spiegel, kein Lüftchen und keine Welle regte sich, so daß sein Bild ihm in ruhigster Unbeweglichkeit entgegenstrahlte. Er tauchte seine Hand nicht in das Wasser, um sich den Anblick, in den er ganz versunken war, nicht zu zerstören. Der Hut lag neben ihm im Grase, und das Haar war ihm durch das Bücken tief in die Stirne herabgefallen. Jetzt bewegte ihn ein lockendes Sehnen, sich näher mit dem schönen Elemente zu befreunden. Er streckte sich, legte sich der Länge nach am Ufer hin, bog den Kopf sachte tiefer, immer tiefer zu seinem eigenen Antlitz, das von dem Wasser aus zu ihm herausschaute, nieder, bis seine Lippen die kühle Flut berührten. Das schöne Bild zerrann, löste sich in krausen Wellenzügen, und er trank zur innersten Erquickung unmittelbar aus dem großen, ausgegossenen Reichtum. – Nun erhob er sich, strich sich das Haar zurück und stand einen Augenblick ruhig von einem Gedanken beseligt. – Dann in glückseliger Laune, voller Lust und übereile zog er seinen Rock aus, seine Kleider, blickte sich scheu um und setzte den Fuß entzückt und behutsam in die sanfte Flut, die nahe am Ufer klar und flach ihren Spiegel dehnte. Den anderen Fuß noch auf trockenem Boden, den Oberkörper vorgebogen, die Arme ausgestreckt, stand er da, als strebe er über dem Wasser schon der dunklen Tiefe zu. Wie eine Erscheinung sah er seine ganze Gestalt schimmernd aus dem Wasserglanze tauchen. Er staunte und erschien sich selbst fremd, rätselhaft leuchteten ihm die Glieder entgegen, rätselhaft schien ihm mit einem Male alles um ihn her zu werden. Die Bäume, die sich mit ihm im Wasser spiegelten, der blaue Himmel, über welchem weißes Gewölk hinzog und dessen Abbild aus dem Wasserspiegel wieder aufwärts strahlte. Unbewußt fühlte Valentin, je länger er blickte, sich mit der ihn umgebenden Natur harmonisch vereint. Er fühlte sich so wert zu leben, wußte nichts Böses, Elendes von sich, hatte seine arbeitsvolle Armut vergessen und sah nur die schöne Gestalt aus dem Wasser leuchten, mit Himmelsgewölk und sich spiegelnden, frisch grünen Laubmassen wunderbar verbunden. Das war innerste Freude, die ihn durchzuckte und die ihn nicht mehr in seiner ruhigen Stellung verharren ließ, die ihn zwang, das Bild, das ihn beglückte, selbst zu zerstören. – Er bog sich zurück und im Augenblick darauf bewegte er sich voller Lebhaftigkeit in der Flut.

So wenig Pflanzen und freie Tiere Geschöpfe ihrer Zeit sind, der Zeit, in der sie zum Entstehen, zum Wachsen und Welken kommen, sondern scheinbar unbehelligt von den Jahrhunderten sich in ihren Eigentümlichkeiten fortpflanzen und sich selbst von Generation zu Generation treu bleiben, so wenig war Valentin in dieser Stunde ein Mensch seiner Zeit. Als der Knabe die Kleider abgelegt hatte, die seiner Erscheinung den Stempel des Jahrzehntes, das ihm dazu verhalf, von der Kindheit zur Jugend zu wachsen, aufdrückten, war er in seinem Empfinden, seiner Gestalt rein von allen Einflüssen der Zeit, – rein und unbehelligt wie die schöne Buche, die am Ufer des Wasserbeckens emporstrebte, und er genoß seine augenblickliche Zeitlosigkeit, wie es wohl selten einem Menschen, einem Gotte ewig vergönnt sein mag.

Als Valentin wieder aus dem reinen Elemente gestiegen und kühl und frisch in die Kleider geschlüpft war, schlenderte er seines Weges weiter in angenehmster Ruhe und Gedankenlosigkeit. Ungefähr ahnte er das Ziel, dem er entgegenstrebte, wußte aber nicht genau, an welcher Stelle er aus dem Walde wieder herauskommen würde; und das war ihm recht so. Wie er nun weiter ging und aus dem Waldesdickicht wieder auf einen betretenen Pfad kam, erkannte er ihn als den, der zu einem beliebten Vergnügungsorte führte. Das war ihm wieder recht, denn ihn hungerte nach dem schönen Bade, und er hoffte am Ende des Weges eine Stärkung zu erlangen. So ging er wohlgemut vorwärts. – Als er nach dem im Walde liegenden Wirtshause kam, sah er, daß es viele aus dem Städtchen heute dahin gezogen hatte. Auf Bänken, die unter Bäumen verstreut eingerammt waren, saßen die Leute im schönen Sonntagsputz. Die Abendsonne leuchtete in hellen Lichtern durch die Zweige, schimmerte den Gästen zu Füßen, blitzte auf ihren Gläsern und berührte ihren schwerfälligen Staat, daß es wie goldene Funken darauf tanzte. An einem Tische unter den Fenstern des Wirtshauses saßen Musikanten, ungarische Leute, die hatten hübsche, braune Gesichter und trugen Schnürenröcke. Es waren lauter Geiger und schienen vor nicht langem ihr Stück beendet zu haben. Valentin setzte sich an ein Tischchen unter einer Buche in der Nähe der Musikanten. Er ließ sich Brot und Bier geben und fühlte sich behaglich, und als noch die Geiger die ersten Striche taten, meinte er, daß er es sich nicht besser hätte wünschen können. Zuerst betrachtete er sich bei den Klängen der Musik die Leute, die um ihn her saßen, und brockte mit großem Appetite das Brot und trank nach jedem Bisse bedächtig. Als er wieder einmal die Reihe um mit seinen Betrachtungen gekommen war, blieben seine Blicke an den Musikanten haften, die mit Feuer und Sicherheit ihre Instrumente handhaben. Ein Kerl unter ihnen spielte temperamentvoll. Er stand an den Tisch gelehnt mit übereinander geschlagenen Beinen und geigte, wie man es nur haben wollte, so leicht, als würden ihm die Hände ohne sein Zutun vom Winde bewegt.

Daß es dergleichen auf Erden gibt, dachte Valentin, sperrte Ohren und Augen auf und verwunderte sich, was aus so einer Violine sich machen ließ.

Wie er so da saß und sich von dem prächtigen Menschen vorgeigen ließ, da regte sich zum ersten Male in ihm ein heftiges Verlangen, ein stürmisches Streben und zugleich eine große Unzufriedenheit mit sich selbst; der Drang, seine eigene Persönlichkeit vor anderen hervortreten zu lassen und ihr größeren Wert zu verleihen. Mitten in der Bewunderung für den Geiger stieg in ihm ganz naiv der Neid auf. Er gönnte es dem Kerle nicht, daß dieser so ruhig und siegesgewiß an dem Tisch lehnte und seinen Bogen führte: daß aller Augen auf ihn gerichtet waren und er selbst unbeachtet und einsam im Winkel saß. Vor einer kurzen Meile noch hatte er seine Freude an sich selbst gehabt und war innerlichst wie ein Kind beglückt gewesen, und nun kam er sich mit einem Male erbärmlich arm gegen den flotten Musikanten vor. Wie viel begehrenswerter erschien ihm dessen Los als das seinige, gebannt blickte er auf ihn, hielt sein Bierglas vor sich in der Hand, ohne gleich wieder einen Schluck daraus zu tun, und beobachtete ganz versunken das Hin und Her des Fiedelbogens.

Warum sollte sich das nicht lernen lassen, dachte er, und mit diesem Gedanken fuhr es wie neues Leben in ihn. Es erschien ihm seiner würdig, wenn er sich solcher verlockenden Beschäftigung hingäbe, und es stand in ihm fest, Geiger zu werden. Die Instrumente hatte er ja zur Auswahl im Hause. Schon sah er sich im Geiste am Platze des beneideten Mannes, aller Augen waren auf ihn gerichtet, und seine Finger verrichteten Wunderdinge, daß ihm selbst Hören und Sehen verging. So sah er in dem Musikanten ein Weilchen sich selbst und konnte ihn daher mit scheinbar ganz objektiver Freude beobachten und beurteilen.

Als er sich wieder auf den Heimweg machte, war schon ein hübscher Tatendrang über ihn gekommen. Leicht und unternehmend ging er dem Städtchen wieder zu, und in seinem Hirne spukte Mögliches und Unmögliches in wunderlicher Vereinigung. Ganz befriedigt und ruhig war er, als er bemerkte, daß er im Herzen, ehe er noch das Tor erreicht, das langweilige Handwerk guter Dinge aufgegeben hatte, um etwas für ihn Würdigeres, etwas Schöneres zu ergreifen.

Ehe er schlafen ging, leuchtete er noch einmal in die Werkstatt und schaute sich die Geigen, die am wohlverwahrten Fenster hingen, spöttisch lächelnd an. Auf eine bestimmte schien er es abgesehen zu haben: die nahm er vom Haken, klimperte ein wenig auf den Saiten und entlockte ihr mit dem Daumennagel brummende, summende Töne, hielt die Geige dabei prüfend an das Ohr und klopfte dann mit wichtiger Miene auf den schön polierten Holzrücken, daß es leise dröhnte. –

»Was rumorst du noch? Was treibst du?« rief der Vater aus der Nebenkammer. Als Valentin zu ihm hereinkam und sich auskleidete, sagte er trocken: »Vater, morgen dächte ich, könntest du mich dein Mantellied lehren.« – Das war des alten Instrumentenmachers einziges Stücklein.

»Wollen sehen«, sagte der Alte und drehte sich in seinem Bette um, daß es krachte. – Valentin lag auch bald und schlief nach seinem langen Gange wie ein Murmeltier.

Am andern Tage gegen Abend, als er verdrossen hinter seine Arbeit gegangen war, nahm ihn der Alte vor, um ihn in die Geheimnisse seiner Geigenspielkunst einzuweihen. Er langte nach dem ersten besten Instrumente, stimmte es mit gelassener Miene, setzte sich auf die Ofenbank und begann zu spielen.

»Das war es«, sagte er, als er geendet hatte und nickte Valentin mit einem Ausdruck zu, als hätte er zum ersten Male ein Wunder geleistet.

»Ja«, sagte Valentin, »das ist es«, und schaute einigermaßen bedenklich dazu.

»Nun wollen wir einmal versuchen«, begann der Vater. »Siehst du, so!« – Langsam berührte er die erste Saite, dann die nächste, nannte ihm die Bezeichnungen der Saiten, gab Valentin die Geige in die Hand und diktierte ihm die Noten, und der angehende Musikante faßte sich zusammen, biß die Zähne aufeinander und behielt am Ende der Unterrichtsstunde wirklich zwei Takte des Liedes im Kopf fand sich auch mit ihnen auf der Geige zurecht, worüber der Alte vergnügt schmunzelte. »Sieh, sieh, du wirst es schon lernen. Es ist ja keine Hexerei. Nun, morgen wollen wir weiter sehen.« Damit stand der Instrumentenmacher auf, nahm seinen Ausgehrock vom Nagel, zündete sich die Pfeife an und ging bedächtig, und zufrieden nach einer alten, gemütlichen Kneipe, in der er schon lange als Stammgast angesehen und behandelt wurde. Valentin blieb mit seiner Geige zurück und kratzte die zwei Takte unermüdlich herunter, trat bei jedem Strich derb mit dem Fuße auf und vollführte einen gehörigen Lärm. Jetzt kam er auf die kühne Idee, einen weiteren Takt des Liedes selbst zu suchen. Er summte die Melodie, so gut sie ihm im Gedächtnisse hängengeblieben war, vor sich hin und wiederholte mit tiefstem Gefühle die nächsten Töne, welche auf die ihm nun wohlbekannten Takte folgen mußten, und war in seiner Bestrebung unermüdlich. Wie er aber auch auf den Saiten mit seinem Bogen herumfingerte, wollte es ihm doch nicht recht glücken. »So, das geht nicht von selbst«, sagte er ganz außer Atem. Nun wollte er sich wieder an den Anfang machen, den er bei seinem Weiterbringen zu üben versäumt hatte. Wie er aber den Schaden bei Lichte besah, hatte er das erste wieder vergessen. »Wie war das?« murmelte er, ließ die Arme mitsamt Violine und Bogen an den Seiten herabhängen und summte unaufhörlich die gute Melodie vor sich hin, hielt den Bogen bereit, um bei der ersten Eingebung mit seinen Takten wieder anzufangen. Hin und wieder war es auch, als wollte er sie erwischen, aber unversehens zerstoben sie ihm jedesmal wesenlos unter den Händen. – Das hielt ihn aber nicht ab, zum ersten Male in seinem Leben trotz Mühe und Not bei der Sache zu bleiben. »Was mag der Instrumentenmacher heute haben?« sagte Rosina Degele, die wie schon erwähnt, über dem Laden wohnte, zu ihrer Schwester. »Heute scheint ihm das Mantellied nicht zu gelingen. Wie lange er schon daran herumgeigt? Sonst ging es doch immer.« Rosina schloß ihr Fenster, um das Gekratze nicht mit anhören zu müssen, zündete die Lampe an und setzte sich mit ihrer Arbeit der Schwester gegenüber.

Als Valentin im Laden noch eine gute Weile in den Saiten herumgewirtschaftet hatte, ging er ziemlich mißmutig die kleine Treppe vom Kannerückchen hinab, schlenderte über den Platz und in die Stadt hinein.

Es war ihm klar geworden, wie wenig ihn das Instrumentenhandwerk lockte: und daß es mit dem Geigenspiel auch seinen Haken haben mochte, das schien ihm auch sicher zu sein. Bei dem Anblick des Musikanten hatte er das richtige Gefühl gehabt, als wäre diesem seine Kunstfertigkeit nur so zugeflogen; und daß bei ihm die Sache nicht recht im Gange sein mochte, ahnte er.

Am andern Morgen paßte er wie ein Heftelmacher auf, als der Vater ihm auf sein Verlangen wieder das Mantellied vorgeigte. Das Glück war ihm hold, die entwischten Takte kamen ihm unversehens wieder in die Finger, und in seiner Lehrstunde konnte er sie mit größter Ruhe seinem Meister vorspielen. Dieser schien damit zufrieden zu sein, es aber auch nicht anders erwartet zu haben: er lehrte ihn ein paar weitere Takte, und Valentin übte, daß ihm die Schweißtropfen auf der Stirn standen. »Was fällt dir denn ein?« sagte der Vater. »Damit hat es ja keine Eile, du wetzest ja wie ein Messerschmied. Laß es nur sein; es ist nicht mehr zum Anhören.« Valentin legte seine Geige trübselig beiseite und hockte sich auf der Ofenbank zurecht, als wollte er es sich in seiner Langenweile wenigstens bequem machen. – Aber Tag für Tag, jede freie Stunde und sowie der Vater zum Hause hinaus war, ging er wieder an die Geige. Das Lied konnte er nach langen Beschwerlichkeiten endlich und halte sich über ein altes Notenheft, das in des Instrumentenmachers Besitz war, hergemacht.

Die beiden Jungfern Rosina und Jette Degele gerieten über die Kunstbestrebung des jungen Lehrlings in Verzweiflung. Da sie Valentin so nicht recht grün waren, kamen sie über sein bißchen Geigenspiel in großen Ärger. Wenn sie ihm im Hause und auf dem Kannerückchen begegneten, dankten sie ihm kaum, wenn er grüßte, und sagten zueinander: »Weshalb lernt er, wenn es doch nicht gehen will, mehr als er braucht. Ist der Vater mit dem einen Dinge ausgekommen, weshalb muß der Grünschnabel sich über mehr machen wollen!« Valentin war es bei seinem Geigenspiel nicht gerade leicht ums Herz. Mit Angst und Anstrengung starrte er, wenn er beim Üben war, auf die Noten, biß sich, um ein paar Takte ununterbrochen spielen zu können, auf die Lippen und wurde ganz erregt von der Qual.

Der Vater erließ ihm kein Viertelstündchen von der alltäglichen Arbeitszeit, und diese verging ihm unendlich langsam und schwerfällig. Er haßte die gewohnten Wände, den Blick durch das Fenster auf den Platz mit den verkrüppelten Eichen, die heisere Stimme des Vaters und alles, was ihn, solange er denken konnte, umgab. Er sehnte sich hinauszukommen in die Welt und hoffte, es sollte ihm vielleicht das Geigenspiel dazu verhelfen.

Eines Abends, es mochte schon gegen zehn Uhr sein, der Instrumentenmacher war ausgegangen, und Valentin stand bei seinem flackernden Öllämpchen und hatte seine liebe Not mit der Geige, da konnten es Jette und Rosina Degele nicht mehr ertragen. Rosina hatte es diesen Abend gelüstet, das Klavier aufzuklappen und etwas Erbauliches darauf vorzutragen. Der Sohn des Hauses aber ließ seine Violine so erbärmlich hinauf winseln, daß sie sich nicht mit den Noten hatte zurecht finden können und von ihrer Herzensergießung absehen mußte. – Wie sich die beiden nun ärgerlich mit der Arbeit wieder gegenüber saßen und die durchdringenden Töne trotz der späten Abendstunde sich nicht beruhigen wollten, nahm Jette aufgeregt und unternehmend das Licht und sagte zu ihrer Schwester: »Du, jetzt gehe ich hinunter. Das halte einer länger aus. Der schöne Laffe da unten bringt uns noch um die Nachtruhe.« Indem sie das sagte, war sie schon zur Tür hinaus.

Rosina, die sanftere von beiden, schlich der Schwester zaghaft nach. Jette aber ging hastig die winkelige Stiege hinab, daß sie die

Hand vor das Licht hallen mußte, sonst wäre es ihr verlöscht. Sie klopfte an die Türe, die zu des Instrumentenmachers Lädchen führte, öffnete, ohne Antwort abzuwarten, und trat ein. – Da stand Valentin schön und rührend, das Ideal eines Geigenspielers. Seine Noten lagen vor ihm auf dem Tische, und er beugte sich etwas darüber, so daß sein Gesicht von der Flamme des Öllämpchens bestrahlt war, die seinen Eifer, das innige Bestreben, welches in seinen Zügen ausgeprägt war, in das rechte Licht setzte. Er hatte nicht darauf geachtet, daß sich die Tür öffnete, fuhr zusammen und hielt mitten in einem langgezogenen Ton inne, als Jette über die Schwelle trat und ihn unumwunden anredete: »Sagen Sie, Valentin, was soll das heißen? Was fällt Ihnen ein, und nicht etwa einmal, nein, alle Tage, jeden Tag, und gar bis tief in die Nacht hinein, daß das ganze Kannerückchen rebellisch wird. Wie kann der Vater Ihnen das nur zulassen? Ich wollte sagen, wenn dieser Übelstand nicht abgestellt wird, so ziehen wir aus; das erzählen Sie Ihrem Vater!« – Rosina zupfte die Schwester sachte am Rocke. Sie kannte Jette und wußte, daß diese leicht zornig wurde.

Valentin erwiderte kein Wort, sondern starrte auf die kleine, zanksüchtige Jungfer, die ihn aus seinen Hoffnungen und Luftschlössern zu reißen bemüht war.

»Klingt es so sehr schlecht?« fragte er endlich kleinlaut.

Da lachten die beiden Degeles: »Ja! Du lieber Gott, hat der denn keine Ohren?«

»Sie verstehen von Musik wirklich nichts«, warf Rosina schüchtern dazwischen.

»Was? Nichts soll er verstehen?« fuhr Jette zu Rosina gewendet wieder auf und redete sich von neuem in Ärger hinein. »Gar nichts versteht er. Was bilden Sie sich denn ein? Glauben Sie, man ließe sich das von Ihnen gefallen, etwa weil Sie für einen Burschen so albern schön sind? Daß Sie sich nicht etwa darauf etwas einbilden!« Rosina nahm die Schwester, von der sie wußte, daß sie von jeher eine starke Abneigung gegen Valentin gehabt hatte, bei der Hand, um sie aus dem Zimmer zu ziehen.

»Ja, ja! ich gehe schon«, polterte Jette; aber als die Schwestern aus dem Zimmer wollten, um den ganz zerknirschten Valentin wieder loszulassen, da bemerkten sie, daß sie ihren Zank bei offener Haustüre gehalten und Zuhörer hatten. Der Besitzer des Gärtchens auf dem Kannerückchen war beim Heimgehen an des Instrumentenmachers Haus vorübergekommen und, weil er darin lautes Reden hörte, war er stehengeblieben, um zu lauschen. Da hatten sich auch noch ein paar Nachbarsleute zu ihm gefunden, und so war die Szene zwischen den beiden Jungfern und Valentin nicht ohne Zeugen geblieben. Die vor der Tür hatten bald begriffen, um was es sich handelte, und ohne Ausnahme Jettens Partei ergriffen. Als die Schwestern aus dem Laden traten und Rosina noch die Türklinke in der Hand hielt, wurden sie von dem alten Gartenbesitzer um ihrer Angelegenheit willen begrüßt: »Was hat denn der Mosje für ein Gesicht dazu gemacht; es war ihm wohl nicht ganz genehm?«

»Was wird er für ein Gesicht gemacht haben?« wiederholte Jette erregt: »Mit seiner Vornehmtuerei hat er es gehalten. Kein Wort war aus ihm herauszubringen, wie ein Graf stand er da.«

Wie wenig ahnte die gute Jette, was in dem gedemütigten Herzen des armen, schönen Tropfes vorging, der in diesem Augenblicke in seiner Wertlosigkeit versank!

Sie wollte gerade noch weiter ihrem Herzen Luft machen, da kam auch schon der Instrumentenmacher nach Hause zurück und schien ganz bestürzt, noch so viele Leute in seinem Hausflur zu treffen.

»Du guter Gott!« rief er. »Da ist ein Unglück geschehen!«

»Was gar, ein Unglück!« rief Jette resolut, »das fehlte noch. Ausziehen wollen wir, wenn es hier unten mit der Geigenspielerei nicht bald ein Ende nimmt.«

»Wo ist Valentin?« fragte der Instrumentenmacher noch immer geängstigt.

»Mit Valentin hat es nichts auf sich, der ist drinnen«, beschwichtigte ihn Rosina.

Der Alte trat hinein in das Lädchen und sah seinen Sohn am Ofen stehen. Er blickte nicht auf und rührte sich nicht. Wie tief gebeugt starrte er vor sich hin.

»Nun, Valentin?« fragte der Vater, erhielt aber keine Antwort.

Jette, Rosina, der Nachbar waren dem Instrumentenmacher wieder mit in das Stübchen gefolgt, und noch ein paar Gestalten drängten sich in die enge Türe so halbwegs auch mit hinein.

»Hat er denn so viel gespielt? Ich dächte gar nicht?« sagte der arme Alte.

»Ihr müßt doch keine Ohren haben!« fuhr Jette wieder neu aufgeregt fort.

»Du lieber Gott!« warf der Instrumentenmacher bescheidentlich ein, »ich meine, daß das bißchen Geigenspiel, auch wenn es nicht sehr schön ist, dem armen Burschen doch zu gönnen wäre. Er hat doch außerdem keinen Spaß und niemand kümmert sich um meinen guten Kerl.«

Valentin blickte erstaunt und eigen bewegt auf, als er den Vater in der Erregung so liebevoll reden hörte. – Der Instrumentenmacher hatte es nie sehr mit dem Aussprechen seiner Gefühle gehalten. – Jetzt traten in Valentins Augen durch diese neue Bewegung seines Gemütes Tränen, und unverwandt blickte er auf seinen Vater.

Da trat einer von denen, die durch die Türe schauten, hervor und sagte: »Nun, Meister Bärlein, was braucht Euer Valentin Besonderes zu haben, laßt ihn tüchtig arbeiten, dann hat er seinen Spaß, wenn Ruhezeit ist. Was denkt Ihr denn, was wir unseren Söhnen für Herrlichkeiten auftischen? Ja, da hat sich was! Oder meint Ihr, wegen der schönen Larve müßte er etwas ganz Apartes vorgesetzt bekommen?«

In diesem Tone ging es noch ein gutes Weilchen fort. Jeder bestrebte sich, seiner Bitterkeit gegen Valentins unnötige Schönheit, wie sie sie titulierten und hinter der sie allerlei Böswilligkeit, Überhebung und Hang zum Wohlleben vermuteten, Luft zu machen. Jeder legte bei dieser Gelegenheit seine Abneigung gegen ihn klar an den Tag, als sollte Examen darüber gehalten werden. Sie trieben es in ihrem Eifer so weit, daß sie Valentins Aussehen dem guten Instrumentenmacher als Strafe Gottes darstellten. Ihre wunderliche Ansicht begründeten sie dadurch, daß sie meinten, es sei nicht gut, wenn das Äußere zum Stande nicht passe. So einem feinen Junker, wie der Valentin einen vorstellen wolle, könnte man im voraus nicht rechtes Zutrauen schenken; und was sie dergleichen darüber zu sagen hatten. Kurz, es wurde Valentin an diesem Abende klar, daß er wenig Liebe auf dem Kannerückchen erfahren hatte, und daß seine unschuldige Person allen ein Anstoß sei. Jeder, als hätten sie sich verabredet, hatte dieselbe Meinung gegen ihn gefaßt, und alles, was sie über ihn vorbrachten, artete zu guter Letzt in dieselbe Spitze aus.

Als die beiden Instrumentenmacher wieder Herren ihres Lädchens geworden waren und die Haustüre geschlossen hatten, da schauten sie sich verworren an, und der Alte sagte: »Du, mit dem Geigenspielen ist es nun nichts mehr. Bleib du beim Handwerk, Valentin, wir sitzen hier hübsch fest und haben unsere sichern Kunden.«

»Hier bleib' ich nicht!« sagte Valentin trocken, ohne aufzublicken.

»Nur ruhig«, erwiderte der Alte; »natürlich bleibst du; warum solltest du nicht bleiben wollen?«

»Hier bleib' ich nicht!« wiederholte Valentin.

»Torheit!« sagte der Instrumentenmacher, klopfte ihm auf die Schulter und ging in seine Kammer.

Diese Nacht fand unser armer Bursche wenig Ruhe. Sie waren dabei gewesen, ihm sein gutes, zartes Herz zu verwunden, und bis jetzt hatte er noch nicht erfahren, wie wehe das tut. – Mit seinem Geigenspiel mochte es nun wohl aus sein, was aber beginnen. Um alles in der Welt wollte er nicht mehr auf dem Kannerückchen bleiben, wo sie ihm so böswillig mitgespielt hatten. Sein Sinn stand darauf, hinaus in die Welt zu gehen; aber wohin? Er stellte sich vor, daß unendlich viel Raum auf Erden sei, so viel, daß ihm davor schwindelte. –

Es waren seit jenem Abend drei Jahre vergangen, und Valentin verbrachte noch immer seine Tage auf dem Kannerückchen in des Vaters Werkstatt. Der Alte hatte ihn nicht fortgelassen, sondern darauf gedrungen, daß der Lehrling bei ihm zum Gesellen werde. Eine besonders große Arbeitskraft schien er nicht zu sein, er ging eben nur so knapp am Mittelmäßigen hin; aber der Vater dachte: Er wird sich schon durchhelfen. – Die Leute vom Kannerückchen behandelten ihn noch immer etwas von oben herab: die alte Machlett aber war ihm nach wie vor gut geblieben.

Valentin stand jetzt in seiner ganzen Schönheit, denn noch war sie von jugendlicher Zartheit überhaucht. Er versprach nicht das zu werden, was man einen schönen Mann, eine volle männliche Schönheit nennt. Die Natur seiner Schönheit schien dem Jünglingsalter anzugehören. Man konnte sich nicht recht vorstellen, wie seine reinen schlanken Formen sich einst vergröbern und verstärken würden. Es gibt Menschen, die für das Alter nicht bestimmt zu sein scheinen, deren Abweichung von der Jugend uns undenkbar ist; zu diesen gehörte Valentin, und eigen war es, daß ein so schöner Bursche ein so zurückgezogenes Leben führte. Ihm hatte nie ein Mädel aus seiner Heimatstadt besonders gefallen.

Und dann, wer weiß, trug Valentin ein Ideal weiblichen Liebreizes in sich. Jedenfalls hatte er sich Gedanken darüber gemacht, das verrät die Hingabe seiner ersten Jugend an das Bild der schönen Apollonia, das er fast leidenschaftlich in feste Züge umzuwandeln bestrebt gewesen war und das seinem Gemüt einen tiefen Eindruck gemacht hatte. Vielleicht war es die Vorstellung einer von dem Wachsen, Welken und Vergehen der Geschlechter längst überwucherten Gestalt, die noch in seinem Herzen lebte.

So war die Wanderzeit herangekommen, und weil es sein mußte, schnürte er ganz ehrbar sein Bündel. Lieber wäre es ihm gewesen, er hätte sich bei Nacht und Nebel allen zum Possen davonschleichen können, so mußte er fein manierlich bei den Nachbarn herumziehen, um Abschied zu nehmen, und hatte zum letzten Male die Freude, überall spitzige, spöttische Bemerkungen über seine Person, sein Handwerk, sein Reiseziel, seine Kleidung, den Schnitt seines Haares und so weiter einzustecken. Man fühlte sich veranlaßt, ihm ganz unumwunden gute Lehren zu geben über alles und jedes. Sie stellten ihm mit ihren Ermahnungen ein Armutszeugnis über seine Eigenschaften aus, und mit Verdruß und ohne Bedauern wandte er dem Städtchen den Rücken; nur der Abschied von seinem alten Vater machte ihm ein Weilchen das Herz schwer. Sonst zog er freudiger erregt als gewöhnlich seines Weges.

Valentins Reiseziel war eine kleine, bayrische Stadt, in welcher ein vorzüglicher Instrumentenmachermeister lebte; der alte Bärlein wünschte, daß sein Sohn eine Zeitlang in dessen Werkstatt in Arbeit stehen sollte. Auf seiner Wanderung konnte er sich hübsch umsehen und sich da aufhalten, wo es ihm gut und vorteilhaft zu sein bedünkte. Der Vater hatte ihn mit Geld versehen, denn der Alte war auf seinem Kannerückchen, für die Begriffe der Nachbarsleute wenigstens, ein wohlhabender Mann, und er hatte es sich nicht nehmen lassen, seinen Sohn gut auszurüsten.

Dem war es ganz wunderlich zumute, die Welt offen vor sich liegen zu sehen und, wie es ihm schien, erfüllt von wünschenswerten Kräften, die das Leben angenehm und erfreulich machen: von Freundschaft, Liebe, Wohlwollen, von dem, wonach unser Held im Herzen Verlangen trug. Er zog aus, um sich sein Teil, das auf ihn kommen mußte, selbst zu holen, da es lange ausgeblieben war. – Und als er sich überlegte, was er von aller Schönheit und Wunderbarlichkeit der Erde am liebsten sehen wollte, so war es das Meer und die neue Eisenbahn von Fürth nach Nürnberg, die sie gerade eröffnet hatten, und welche die Welt in Staunen und Erregung versetzte. Den Wunsch, dies neue Ding zu sehen, wurde ihm leicht zu befriedigen, da er auf seiner Reise die alte Stadt Nürnberg, ohne beträchtlich vom Ziele abzuweichen, berühren konnte. So zog er des Weges und sah das Wunder seiner Tage. Noch in größter Erregung ging er durch die ehrwürdigen Straßen Nürnbergs träumend und grübelnd. Nürnberg war ganz dazu angetan, daß er sich seiner Begabung, sich in Vergangenes zu versetzen, behäbig hingeben konnte. Wäre diese Begabung in glückliche Verbindung mit anderen Eigenschaften getreten, unser Freund würde hier zum schaffenden Menschen geworden sein. So aber ging er und starrte, und ließ sich von dem Geiste der grauen Gemäuer in den Jahrhunderten, die an diesen mit allen ihren Eigentümlichkeiten, ihren Bedeutungen, Narrheiten, ihren wechselnden Sitten, ihrem lachenden, längst verflossenen Sonnenschein, ihrem Grauen und den unbestimmbaren, lockenden Ereignissen vorübergezogen waren, umherhetzen und fühlte sich von solcher unlohnenden Jagd fast gepeinigt. Jeder Erker, jedes wunderliche Mäuerchen erregte ihn. Unaufhörlich ahnte er unbestimmte Dinge, die sich ihm nicht recht gestalten konnten. Um ihn schwirrten bedeutungsvolle, unverständliche Geräusche längst vergangener Zeiten. Alles, was er sah, strömte den kaum schimmernden Abglanz eines früheren wahren, gewaltigen Lebens aus. Valentin begriff kaum, daß es sich zeitgemäß geschäftig in den Straßen regte, daß die gegenwärtigen Menschen durch angeerbtes

Tun und Treiben ihm am sichersten ein Bild von den entschwundenen geben konnten. Die alten Giebelhäuser schienen ihm vereinsamt; ein anderes Geschlecht, ehrbares und doch wesenloses Gesindel, in Schauben, pelzverbrämten Röcken und allerlei Anhängseln, belebte ihm geisterhaft die Kirchen und Plätze, die Brücken und Erker. Das war eine Gesellschaft, zu der sich Valentin unwiderstehlich hingezogen fühlte, mit der sich aber für ihn wenig machen ließ. Sie bewegte sich sinnlos verzerrt vor seinen Augen, und wollte er ja einmal fester auf sie schauen, zerrann, worauf sein Blick gefallen war.

So trug Valentin ein feindliches Element, das seine Ruhe und seine einfachen nützlichen Tugenden gefährdete, mit sich umher. Es hatte in seinem Kopfe arg gespukt. Die Kräfte, die in ihm erweckt werden konnten, waren in heftigster Bewegung, und es mochte nun die Zeit kommen, in der auch er erfuhr, was für ein närrisches Geschöpf das Ding sei, was wir Mensch nennen.

Bei dem neuen Meister in dem bayrischen Städtchen Bayreuth hatte er sich ganz erträglich untergebracht und war wohlwollend aufgenommen worden. Der erste Abend brach herein, den er in neuen, bindenden Verhältnissen zubrachte. Man hatte ihm seine kleine Kammer mit dem Blick auf einen freundlichen Hof angewiesen, da hielt er eben Umschau. Die Kammer lag zu ebener Erde und war gerade mit dem Notwendigsten versehen. Ein steifbeiniges Bett stand an einer Seite, an den Wänden verteilt zwei hölzerne Stühle, ein Tisch, ein eisernes rundes Öfchen. das seinen Lebenszweck längst schon vergessen zu haben schien, denn es war vollgepackt und gezwängt mit allerlei außer Gebrauch gesetzten Gegenständen, alten Schraubenziehern, rostigen Nägeln, verstaubten Bürsten und Haken, alten Lederstücken und Bindfaden, was sich so zusammenfindet, wenn ein geduldiges Behältnis sich dazu hergibt, allerlei unnötiges und zu Schaden gekommenes Kleinzeug in sich aufsammeln zu lassen. Über dem Bette des Gesellen hing ein verblichener Kranz aus rosa Strohblumen, auf vergilbtem Papier befestigt, unter Glas und Rahmen. Ein etwas ungleich gedrucktes Gedicht füllte den Raum aus mitten im Kranze und war verfaßt zu Ehren des Hochzeitstages des Kilian Merne mit einer Eva Sauerbrei.

Der Name des Instrumentenmachers, in dessen Werkstatt Valentin eingetreten, war Merne, Peter Merne. Also mochte jener einst besungene Hochzeiter mit dem Meister in Verwandtschaft stehen, wohl aber längst aus der Reihe der Lebenden gestrichen sein, sonst würden sie schwerlich solch ein Ehrenblatt über das Bett des Gesellen gehangen haben. Der Hof, in den das einzige Fensterchen blickte, war weitläufig und luftig. Er stammte aus der heitern, raumverschwendenden Zeit, Anfang des achtzehnten Jahrhunderts. Das Hauptgebäude machte einen stattlichen Eindruck und hatte lustig verschnörkelte Fensterverzierungen. Es war, wie die meisten Häuser der Stadt, aus grauem Sandstein, der in nächster Nähe gebrochen wurde, aufgeführt. Aus demselben Material bestanden auch die Nebengebäude, welche den Hofraum bildeten, und diese hatten, wo die Laune des Erbauers es für gut befunden, auch ihr lustig geschnörkeltes Säulchen bekommen. Über den Lattentüren des Holz- und Kohlenstalles, über der grau verwitterten Türe der Waschküche prangten verschwenderisch unsinnige Ornamentenbüschel, als ob ein armseliger Holzstall so tollen Schmuckes bedurft hätte.

Valentin hatte seine Freude an dem Stübchen, an dem schönen, einst für das Auge des Besitzers geschmückten Hofe; aber auch das ganze Städtchen schien ihm zu behagen. Die meisten Häuser trugen denselben Stempel wie das Haus des Instrumentenmachers und nahmen sich stattlich aus. Doch Valentin war in die Reize, Behaglichkeiten und den Eigensinn der munteren Rokokozeit, die sie vertraten, zu wenig eingeweiht, um sich, wie erst vor wenig Tagen in dem alten Nürnberg, jetzt von den bepuderten und bezopften Herrschaften, die zu ihrer Zeit sich für die Krone der Schöpfung hielten, beunruhigen zu lassen. Er nahm dies schön geputzte Städtchen als ein fremdartiges Ding, ohne über dessen Entstehen fürs erste nachzudenken; aber in dem Zauber des heitern Geistes, der hier einst geherrscht hatte, war er schon befangen. Seine Meistersleute machten einen behäbigen Eindruck. Der Meister stand in den sechziger Jahren, und die Frau schien sorgsam und beweglich zu sein. Sie hatte dem neuen Gesellen gleich in der ersten Stunde einfach und gelassen gesagt, was im Hause Sitte sei, ihm die Stunden der Mahlzeiten genannt, seinen Aufenthalt angewiesen und Valentin so mit den Hausgesetzen vertraut gemacht.

Außer Valentin war noch ein Geselle im Geschäfte, ein frischer, guter Junge, der sich mit ihm schon kameradschaftlich begrüßt hatte.

Der Meister schien viele Mietsleute im Hause zu haben, denn er lebte beschränkt im Erdgeschoß, trotzdem das Haus des Instrumentenmachers Eigentum war. Das wußte Valentin von seinem Vater, der ihn über Peter Mernes Verhältnisse, soviel er sie kannte, unterrichtet hatte.

Als Valentin noch in seinem Stübchen stand und nicht recht wußte, was er anfangen sollte, da öffnete sich die Tür, und sein Mitgeselle Karl Frey steckte den Kopf hinein und sagte: »Gehen wir mit? 's ist Samstag, wir spazieren miteinander durch die Stadt. Der Meister hat's gesagt.« Valentin schien das sehr recht zu sein, denn der junge Bursche gefiel ihm. Es war für ihn etwas Neues, mit einem fremdlichen Kameraden umherzustreifen.

»Dann haben wir hier ein Theater«, fuhr der Eingetretene fort, »das sollt Ihr Euch ansehen. Es sind nicht immer Schauspieler bei uns, aber diesen ganzen Sommer haben wir welche.«

Valentin war ganz hingerissen von der Freundlichkeit des guten Burschen. Er beeilte sich, fertig zu werden, strich sich vor dem kleinen Spiegelchen, das bescheiden in der Ecke am Fenster hing, das Haar zurecht und zog seinen guten Rock über.

»Es kommt nicht darauf an«, sagte der Geselle, der unsern Freund unverwandt gemustert halte. »Bemüht Euch nicht; wir wollen schnell gehen, solange es noch hell ist!«

Nun wanderten die beiden durch das Städtchen, und Karl Frey zeigte dem neuen Gesellen anheimelnde Straßen und Gassen. Die Stadt war einst Residenz prachtliebender Fürsten gewesen. Geheimnisvolle öde Plätze, schöne, halbzerfallene Portale, die von wildem Wein und Efeu überwuchert waren, verkündeten, daß das Leben, welches diese hervorbrachte, längst entronnen sei.

»Wer lebt hier? Wem gehört das?« fragte Valentin und blieb auf einem weiten Platze stehen, dessen eine Seite von einem prächtigen Palaste geschmückt war. Das anscheinend flache Dach des Gebäudes zierten Figuren in kühn flatternden Gewändern. Die Front strotzte im reichsten, abenteuerlichsten Schmuck, Drachen, Imperatoren, unglaubliche Frauenzimmer und bewegliche Kinder, Blumengewinde, Säulen in ausartenden, närrisch übertriebenen Linien klammerten sich an Vorsprünge, Balkons, Fenstersimse unruhig und gefährlich an.

»Wem gehört das?« fragte Valentin wieder.

»Das weiß ich nicht«, sagte sein Begleiter, »ich bin in dergleichen nicht groß. Der Meister wird es vielleicht wissen.«

»Wohnt schon lange niemand mehr drin?« fragte Valentin noch einmal, der gar zu gerne vertrauter mit diesen wunderlichen Gestaltungen, deren Fülle das fürstliche Haus wahrhaft überströmte, geworden wäre.

»Ich habe noch nicht gesehen, daß jemand hier gewohnt hätte«, erwiderte gleichmütig der Geselle. »Der Brunnen da läuft nur Sonn-

tags.« Damit wies er auf ein unsinnig häßliches Gebilde von Tuff-
stein.

Jetzt zog Karl Frey seine große silberne Uhr vor und sagte: »Es
würde nun an der Zeit sein, wenn wir zum Theater wollen.«

Valentin vertraute seinem Gefährten mit einiger Überwindung
an, daß er noch nie in einem Theater gewesen sei. »Nun, das macht
nichts. Man kann nicht allenthalben welche haben und braucht auch
nicht allenthalben gewesen zu sein«, sagte der Geselle herablassend.
»Ich gehe oft hinein, weil es einmal da ist. Der Direktor wohnt im
Haus von unserem Meister, da machte es sich so. Heute bezahlt nur,
das nächste Mal wollen wir schon sehen. Sie haben nämlich Raum
die Hülle und Fülle, da kommt es nicht darauf an, ob ein paar so
darunter mit hineinschlüpfen.« Valentin ging erwartungsvoll neben
seinem Mitgesellen einher.

»Da ist eine niedliche Schauspielerin, so ein Frauenzimmerchen,
über das sie alle entzückt sind«, fuhr trocken der Geselle fort. »Ich
mache mir nichts aus ihr, denn ich weiß nicht, was ich von ihr halten soll. Sie ist freundlich, aber es ist kein Verlaß auf sie. Neben uns
wohnt sie, die Gärten stoßen aneinander.

Valentin achtete kaum auf seinen Begleiter und ging schweigsam
dem lockenden Ziele zu.

»Das ist das Theater!« sagte der Geselle.

Sie standen vor einem Hause, das sich von den anderen durch
reichen, architektonischen Schmuck auszeichnete. Auf den ersten
Blick sah man, daß es aus derselben Zeit, in der das Schloß erbaut
war, stammte, aber eine gewisse Ruhe und Größe, welche dem
Schlosse und den meisten hervorragenden Gebäuden der Stadt
abging, war in dem Schmucke, der die Fassade gliederte, zu spüren.
Unsere beiden Gesellen traten ein. An der Kasse standen die Leute
gedrängt. Karl Frey drückte sich aber geschmeidig durch und ver-
schaffte Valentin im Handumdrehen ein Billett. Sie stiegen auf breiten Treppen, die altertümlich weiß gestrichene, hohe Geländer hatten, hinauf zur zweiten Galerie und traten ein. Da staunte Valentin
über die Pracht des Theaters. Kein Fleckchen, keine Ecke war reiz-
los, an den Wänden blühte es von Gold und Rot, von eigen reizvoll

kapriziösem Zierat. Der ganze kleine, aber ziemlich hohe Raum wirkte wie ein Wunder auf ihn.

»Die dunkle Loge der Bühne gegenüber war sonst Fürstenloge«, bedeutete der Eingeweihte dem Neuling, vor dessen Augen bei diesen Worten die Dinge einen bestimmten Charakter annahmen. »Die solche Pracht geschaffen haben, sind nicht mehr«, dachte Valentin und sah in den dämmerigen Raum, der einst von hohen, für ihn in geheimnisvolle Unbestimmbarkeit gehüllten Herrschaften belebt worden war. Das ganze heitere Theater machte ihm mit einem Male den wehmütigen Eindruck einer uns hinterlassenen Erbschaft, deren einstige Besitzer aus den glücklichsten Verhältnissen weggestorben waren. Die Leute, die jetzt den prächtigen Raum füllten, schienen ihm nicht hinein zu gehören, hatten sich spatzenhaft darin eingenistet. Die Frauen waren behäbig in dunkler, gegen den Farbenüberfluß ihrer Umgebung mißfarbenen Kleidung gekommen. Wegen der lieben Zeitausnutzung hatten sie ihre Strickstrümpfe mitgebracht und klapperten mit den Nadeln so eifrig wie sie schwatzten. Die Hausväter saßen behaglich und ruhten sich von ihrer Tagesarbeit aus, und das junge Volk plauderte und lachte.

Das Theater mag sonst ein anderes Gesicht gehabt haben, grübelte Valentin und blickte die Insassen, die es gegenwärtig belebten, interesselos an, oder so, als wären sie nur dazu da, um über sie hinweg oder durch sie hindurch zu blicken, um in weiter Ferne unbekannte, der schönen Umgebung würdigere Menschen zu finden.

Jetzt ging der Vorhang auf und Valentin durchschauerte es. Ein großer Augenblick schien ihm hereingebrochen zu sein.

Sie gaben ein Volksstück, welches wohl selten über die Bretter einer so stattlichen Bühne gegangen sein mochte, »Die heilige Genoveva«, so stand es auf dem kleinen, schmalen Theaterzettel. Die Schauspielertruppe war eine umherziehende, die ihren Spielplan für die Herzen der Bauern und Kleinbürger einrichten mußte, und der Zufall hatte sie auf dieses prächtige Theater verschlagen; aber sie spielte nicht übel. Die heilige Genoveva war eine mächtige, etwas ältere Person, der man bald ihren Kummer zu glauben anfing.

Sie hatte eine gute, treue Stimme, und da es ihr so übel erging, war man geneigt, über mancherlei hinwegzusehen.

Valentin wurde tief ergriffen; noch hatte er in das wahre Leben wenig hineingeblickt, ahnte kaum, was für Wandlungen mit dem Wesen der Menschen vorgehen können, mit Sprache, Bewegung und Ausdruck, wenn Schmerz und Leidenschaft in die ruhige Alltäglichkeit hereinbrechen. Nun staunte er, wie scharf die Ereignisse auf die Geschöpfe wirken können. So klar trat ihr Eindruck auf den Gesichtern derer, die betroffen waren, zutage, daß es ihn wunderbar berührte. Er empfand das unhemmbare Ineinanderfließen der äußeren Einflüsse und der inneren Kräfte beängstigend, wie er noch nie ähnlich gefühlt hatte. Und der Wert von Glück und Schmerz stieg vor den Augen des jungen Beobachters.

Um mit angreifenden Empfindungen, wie Mitleid, Bewunderung, nicht zu ermüden, hatte der Dichter eine kleine muntere Rolle eingeschoben, eine listiggute Bauerndirne, ein schelmisches Ding, das sich bei jeder Gelegenheit seiner Haut zu wehren wußte, treffende Redensarten im Mäulchen führte, einen lustigen, harmlosen Liebeshandel betrieb und seiner Herrin, der Genoveva, in Treue ergeben war. Dieses Dirnchen schien dem gesamten Theaterpublikum eine angenehme Erscheinung zu sein; wo es nur anging, gab es ihm Beifall zu erkennen, und als nach dem ersten Akte der Vorhang fiel, da ließ es seiner Bewunderung für die hübsche Person freien Lauf. Geklatscht wurde und gerufen, daß es eine Art hatte. Die jungen Leute, die Handlungsdiener und Leutnants waren rot vor Anstrengung geworden. Sie hatten sich fast die Hände wund geschlagen. Und als der Vorhang aufging, damit man dem schönen Liebling für dessen anmutiges Dasein und das vergnügliche Talent danken konnte, knickste das Mädchen anmutig und lächelte ruhig und gelassen. Valentin wurde es ganz eigen ums Herz. Jedesmal, wenn die muntere Kleine die Bühne betrat, war es ihm, als würde er heimischer in dem fremden Raum. Er staunte nicht über sie, sondern was ihn zu ihr hinzog, schien einer unbewußten Erinnerung zu gleichen, und er forschte in ihren Zügen, als müßte sie ihm schon begegnet sein. Doch betrachtete er sie ruhig und zufrieden, wie jemand, der an dem Gegenstand, auf den seine Blicke fallen, nichts auszusetzen hat. Wenn er ein Ideal von weiblichem Liebreiz in sich getragen, so sah er es wahrscheinlich in dem schönen Kinde erfüllt und betrachtete die Kleine deshalb mit fast selbstzufriedenem Behagen, als verehrte er in ihr zugleich seinen eigenen Schönheitssinn. »Das ist sie«, sagte Karl Frey, nachdem das Stück gehörig vorgeschritten und sie schon zu den verschiedensten Malen zum Auftreten gekommen war. Er hatte seinen Platz nicht neben Valentin gefunden und mußte sich weit zu ihm hinüberbeugen, um ihm diese Bemerkung zuzuflüstern.

»Wer?« fragte Valentin.

»Ich meine die, von der ich vorhin sprach. Ambrosius heißt sie, auf dem Zettel steht es.«

Valentin hatte keinen Zettel bekommen. Eine Nachbarin, über deren Person hinweg die beiden Gesellen sich unterhielten, reichte Valentin den ihrigen. Da stand es: »Lulu Ambrosius«, und auf Valentin wirkte dieser Name wie ein gelinder Zauber. Im Nu stand er ihm im Herzen, wie eingegraben, daß es der Zeit schon Mühe kosten mochte, ihn wieder zu löschen.

Nach dem befriedigenden Ende der »Genoveva«, welche allen Jammer, den man mit der Armen durchgemacht, in Gerechtigkeit und Fröhlichkeit vergessen sein ließ, war es dem Direktor für gut erschienen, noch eine Nachfeier anzuschließen und zwar eine allerseits willkommene. Das Bauerndirnchen hatte sich, als der Vorhang wieder aufgegangen, in eine reizende Tänzerin verwandelt, die vor einer ziemlich breiten Spiegelwand, welche Eigentum des Theaters war, sich bewegte und mit dem eigenen Bild, das ihr aus dem Glas entgegenlächelte, Kurzweil trieb. Bei einer munteren Tanzweise sprang sie ab und zu, scheinbar unwillkürlich, eilte mit offenen Armen ihrem eigenen Spiegelbilde zu, daß sich das schöne blonde Haar wie ein Schleier um sie her bewegte, und zog sich langsam und betreten wieder zurück, um in aller Anmut wieder auf sich selbst zuzustürmen; bog sich dann sachte vor, küßte den Mund, der ihr entgegenschimmerte und küßte ihn mit solcher Innigkeit, als wäre sie von ihrem eigenen Anblick tief berückt.

Sie trug einen Kranz von frischen Rosen im Haar, rund und voll, unter dem ihr zartes Kindesantlitz zwanglos lächelte. Jetzt hob sie die Hände und brach aus dem Kranze zwei Rosen, sorgsam, daß ihr der Schmuck dadurch nicht entstellt würde, und nun begann ein reizvolles Spiel. Sie hielt die Rosen, als könnten sie ihr entwischen, behutsam in geschlossener Hand, schlich sich träumerisch damit vor, kniete hin, öffnete die Hand mit einer Gebärde, als wollte sie schonend die zarten Dinger des Lichtes wieder teilhaftig werden lassen, plötzlich aber, ihre sanfte Stimmung unterbrechend, flog es wie Mutwille durch ihr ganzes Wesen. Sie warf die Rosen fast heftig in die Höhe, fing sie wieder auf, die flinken Fingerchen zerpflückten die Blüten, und dann, den Kopf zurückgebogen, ließ sie die einzelnen Blätter wie rosige Schmetterlinge über sich herflattern, haschte etliche auf und trieb damit, sich lebhaft drehend und bewegend, das leichte Ballspiel von neuem. So taumelte sie im Takte der Melodie wie ein vom Laufe fast schwindelndes Kind, zwei Rosenblättern nach, die sie durch geschicktes Fangen und Werfen nicht zum Fallen kommen ließ.

Sie trug ein leichtes, halblanges, faltiges Kleid aus weißem, sich anschmiegendem Wollstoff, welches Arm und Hals ihr freiließ. Das natürlichschöne Bewegen ihres jugendlichen Körpers erstaunte und fesselte alle, und als der Vorhang niedergelassen wurde, brach ein Jubel aus. Sie hatten Grund dazu, denn Anmut war ihnen hier deutlich und verständlich vor Augen getreten. So kindisch des Mädchens Spiel erscheinen mochte, hatten sich dem hübschen Dirnchen doch Mächte verbunden, die über jede Weisheit, jede Größe, jedes Anbetungswürdige leicht siegen, die zum Vergessen, zur Freude locken, und deren Lockung in jeder Brust Widerklang findet.

Valentin war wie sich selbst entrückt. Das schöne Mädchen hatte ihn mit seinem Einfluß überströmt, seine ganze Person erfüllt, und es kam ihm unglaublich vor, als er sich vergegenwärtigte, daß die Schöne von seinem Dasein nicht das geringste wußte; das erschien ihm ungerecht und kränkend. Schweigsam ging er neben dem Gesellen Karl Frey einher.

»Nun, was sagt Ihr, hat es Euch gefallen?« fragte dieser. »Das wäre ein Schätzchen für Euch, nicht wahr? Ich glaube, Ihr seid einer, hinter dem die Mädels gehörig her sind. Die Nachbarinnen zwischen uns haben ehrlich miteinander getuschelt.«

»So?« sagte Valentin, der nicht wußte, was er erwidern sollte. Er war bis jetzt, wie schon gesagt, trotz seiner Schönheit wenig beachtet worden. Sein Begleiter schmunzelte in sich hinein und tat sich wichtig. Er führte Valentin in ein Speisehaus, wo sie noch einen Schoppen miteinander tranken und plauderten.

Karl Frey in seiner eigentümlich kahlen und unkultivierten Weise unterrichtete Valentin, wie es fast schien mit Absicht, spärlich über die Verhältnisse der Lulu Ambrosius, denn der schlaue, trockene Geselle hatte bald heraus, daß der schönen Lulu ein neuer Anbeter zugefallen sei. Wie es schien, war ihm die Nähe der beiden Gärten, deren er vor dem Theater erwähnte, einigermaßen gefährlich geworden; da er aber ein praktischer Bursche war und wahrscheinlich vor den Augen der Schönen keine Gnade gefunden, so hatte er sich dem Mädchen kritisch gegenübergestellt. Er war nicht besonders auf sie zu sprechen. »Niedlich ist sie«, sagte er, indem er seinen Schoppen Wein zum Munde führte, »das muß man ihr lassen, aber faul und lügenhaft ist sie auch, darauf könnt Ihr Euch verlassen! Da lobe ich mir die Frau Ambrosius, das ist eine tüchtige Frau, die es sich sauer werden läßt. Vor der kann man Respekt haben. Sie hat die Garderobe der Truppe in Verwaltung und besorgt die Wäsche. Ich lasse auch bei ihr waschen, und noch mehrere in der Stadt benutzen das halbe Jahr, welches sie sich im Städtchen aufhält, um Sonntags schön gebügelte Vorhemden zu haben. Sie versteht das Glanzplätten, und die Frauenzimmer hier, die es lernen wollen, lernen es bei ihr. Da geht es im Hause immer ein und aus, die Lulu aber sitzt in ihrer Faulheit im Nebenstübchen. Sie haben nämlich eine große Stube gemietet unten im Erdgeschoß neben uns, darin wird nun gefeuert und geplättet. Die Ambrosius hängt auch die Wäsche dort auf, wenn es regnet; aber glaubt Ihr, daß die Jungfer da mit Hand anlegt? Die geht höchstens zwischen gezogenen Leinen hin und her, klatscht an der nassen Wäsche herum und treibt Allotria. Kommen fremde, ehrbare Frauenzimmer, um bei der Mutter das Plätten wegzukriegen, da hängt sie ihnen Unverschämtheiten an, stellt sich hinter sie, wenn sie bei ihrer Arbeit sind, und macht ihnen ihren Eifer possierlich nach. Und Publikum hat sie tagsüber immer, denn alle Augenblicke geht die Türe, und es kommt einer und fragt, wie weit es mit seiner Wäsche gediehen ist und hält sich dann eine hübsche Weile auf, oder die Frauenzimmer lösen einander ab, es sind immer gleich ihrer mehrere da. – Die kleine Kröte hat ihren Zeitvertreib, stiehlt dem lieben Herrgott die Tage und ist ein leichtsinniges Geschöpf. So tüchtig die Mutter ist, hat sie die Tochter doch gründlich verzogen. Ein vernünftiger Mensch muß darüber seinen Ärger haben. Alles sieht sie ihr nach und läßt sie die lieben Stunden vertrödeln, läßt sie Unarten treiben, die so ein Mädel längst abgelegt haben müßte; und schimpfen tut sie wie ein Schulbube. Neulich morgens stehe ich neben der Ambrosius am Bügelbrette und warte auf mein Vorhemdchen. Es war gerade Sonntag, und ich wollte noch zur Kirche gehen. Da sagte mir die Alte: »Sieh Er mal hinaus, wie es sich mit dem Wetter macht; ich möchte heut gerne noch etwas zum Trocknen bringen!« Da gehe ich ans Fenster, und wie ich seitwärts in die Wetterecke hinein sehe, daß mich die Sonne blendet, da fährt mir die Lulu so im Vorübergehen über die Visage und sagt einfach, wie eine andere einem ›guten Morgen‹; bietet: ›Schafsgesicht!‹; Nun frage ich, was sind das für Manieren?«

Valentin sah den Gesellen an, lachte und dachte bei sich: Was hat der Mensch für eine zurückweichende Stirn und eine gerade, große, weiche Nase, und auch die dummen, hellen Löckchen. Er fühlte und begriff mit der unartigen Lulu und sagte nichts, sondern schüttelte nur belustigt den Kopf.

»Nein, glaubt nur«, fuhr der Geselle unbeirrt fort, »sie ist ein unleidliches Ding, und ich wollte ihr gönnen, wenn sie einmal eine Tüchtige von der Mutter aufgeblitzt bekäme.«

Valentin blickte ihn ungläubig lächelnd an. Vor seinen Augen tanzte das süße, verlockende Kind, dem Karl Frey eine so hausbackene Unannehmlichkeit zugedacht hatte, und er fühlte sich von dem sanftnasigen Gesellen geärgert.

Als Valentin diesen Abend im Bette lag, fand er, daß es ihm sehr wohl ginge, und er wünschte sich selbst Glück dazu, gerade dahin gekommen zu sein, wo die Welt so recht im Gange war. Er schien am Herzen der Erde zu wohnen und dachte vergnügt: Was für ein Glückspilz bin ich, so wenig er auch bis jetzt zu dieser Annahme Grund gehabt haben mochte.

Am andern Morgen erwachte Valentin gerne und freudig, denn es war Sonntag und schönstes Maiwetter. Das Städtchen lockte, und Haus an Haus mit ihm wohnte das kleine Wunder. Seinen Morgenkaffee trank er mit den Meistersleuten und dem Gesellen Karl Frey. Der Meister fragte, ob er den Garten schon gesehen habe, da lachte

Karl Frey, als ginge ihn diese Frage etwas an, als dächte er sich sein Teil dabei, und Valentin wurde rot bis hinter die Ohren.

»Nun, was ist zu lachen?« fragte der Meister und blickte den jungen Burschen ungehalten an. »Was fällt Ihm ein zu lachen?«

Da machte Karl Frey ein dummes Gesicht und schaute in seine Tasse.

Nun trat der Meister Merne an das Fenster und wies auf den Hof hinaus. »Hier neben dem Holzstall durch den kleinen Schuppen geht es in den Garten. Ihr könnt ihn Euch nachher ansehen. Seht ihn Euch an!«

Der Garten war der Stolz des Meisters. Die seltensten, schönsten Rosen zog er darin, baute gute Obst- und Gemüsesorten und hatte auch einen Verschlag für Kaninchen darin angelegt. Niemand konnte ihm einen größeren Gefallen tun, als wenn er ihm den Garten lobte.

Die beiden Gesellen gingen miteinander zur Stube hinaus. Karl Frey hielt eine Weile mißlaunig die Türklinke seiner Kammer in der Hand und blickte Valentin nach, der durch den Hof schlenderte und in der grauen Türe, die durch den Geräteschuppen in den Garten führte, verschwand.

Der Garten war ein schön gepflegtes Stück Land, schmal und lang, am Ende begrenzt durch den geraden Kanal, der die Stadt durchfloß. Meister Mernes Land lag so recht mitten im Grünen, denn die Nachbarsgärten zeichneten sich durch alte, schön entwickelte Bäume aus, während der Instrumentenmacher auf junge, kräftige Obstbäume gehalten halte, denen mancher würdige Alte wohl hatte weichen müssen. Am Holzstaket, welches das Besitztum begrenzte, führte rechts und links ein reinlich gehaltener Kiesweg entlang, und beide vereinigten sich am äußersten Ende des Grundstückes, welches der Kanal bildete, so daß der Meister bequem die Runde um sein Eigentum machen konnte.

Der Nachbarsgarten zur Rechten, von dem Karl Frey gesprochen, war schön beschattet, ausgedehnt in die Breite wie in die Länge, so daß er nicht mit einem Male zu übersehen war. Valentin ging zaghaft unter den blühenden Zweigen hin, die ihm fast die Schultern berührten, und trat unbewußt auf den Zehen auf, weil der Sand ihm unter den Füßen knirschte, und lugte mit klopfendem Herzen seitwärts, ob nicht etwas zu erspähen sei.

Da fuhr er zusammen; es schimmerte durch die Zweige. Wie er näher kam, sah er, daß es Wäsche war, die zum Trocknen hing. Die Leinen waren an den Stämmen der Kastanien, die einen freien Platz umgaben, befestigt. Das ist die Wäsche der Frau Ambrosius, dachte Valentin und blickte ehrerbietig mit wonniger Erregung darauf hin. Er stand vor einem blühenden Kirschbaume und sah zwischen den schneeigen Blüten die weißen, sonnbeglänzten Tücher sich vom Maigrün abheben. Die belasteten Leinen waren von Stangen gestützt. An einer der Stangen, ganz in seiner Nähe – im ersten Augenblicke hatte er das Rechte, da seine Augen andachtsvoll auf die Wäsche gerichtet waren, übersehen – lehnte der hübsche Liebling, der in manchem Herzen in dieser Nacht sein Wesen getrieben haben mochte. Der Morgenwind bewegte die Falten des braunen Röckchens. Sie schien noch verschlafen zu sein und dehnte sich jetzt wie eine Katze in ihrer sonderbaren, rosaverwaschenen Jacke, in welche sie nur so hineingeschlüpft zu sein schien, um sich darin recht behaglich und wohl zu fühlen. Das Haar hing ihr in Locken und Zöpfen noch wirr und lustig um die hübsche Stirn. – Valentin lauschte atemlos.

Von den Kastanienbäumen fielen hin und wieder glänzende Knospenhüllen, welche die kräftigen Blätter in schnellem Wachstum abstreiften, zu Boden. Solch ein braunes, frisches Schälchen segelte sachte auf Lulus Ärmel nieder, die es mit halb offenen, blinzelnden Augen von der Seite ansah. Die Sonne schimmerte in dem frischen Harzüberzug, und das mußte Lulu verlockend erscheinen; sie bog den Kopf und tastete mit ihrem rosigen Züngelchen in die Knospenhöhlung hinein, bis die Kapsel fest daran saß. Das gefiel der hübschen Spielliese. Sie blickte auf das rosige Ding herab, das mit seinem braunen Hütchen sich munter hin und her bewegte.

Valentin mußte sich ganz entzückt das Lachen verbeißen. Wenn sie wüßte, daß jemand ihr zusieht, dachte er.

Jetzt hatte sie genug von ihrer sinnreichen Unterhaltung. Das braune, kleine Blatt war herabgefallen und die Zunge erfrischt in das Mäulchen wieder eingeschlüpft. Die Kleine aber lehnte sich nun mit verstärkter Behaglichkeit an die Wäschestange. Dieser Halt wäre ganz bequem und ausreichend für eine verschlafene, leichte Person gewesen, wenn die Stange einen festeren Standpunkt gehabt hätte: so aber rutschte sie mit einem Male im nachgebenden Grunde, löste sich dadurch von der Leine, und Lulu fiel mit ihr der Länge nach in den Sand.

Da lag sie, und die großen, nassen Wäschestücke sanken tief herab, schleiften auf der Erde und bedeckten das Mädchen. –

Valentin sprang erschrocken hinter seinem Kirschbaum vor.

Das Mädchen erhob sich wieder, haspelte sich aus den Wäschestücken heraus, setzte sich auf und blickte ganz verdutzt um sich. Da erblickte sie Valentin. »Helfen Sie mir doch!« rief sie böse und weinerlich.

Das ließ sich Valentin nicht zweimal sagen; ohne Aufforderung hätte er es schwerlich gewagt. Im Nu war er über den Zaun.

Da stand sie schon wieder auf den Füßen und brachte ihre paar Sächelchen in Ordnung, strich sich das Haar zurück und sagte. »Da liegt die Wäsche, und heute ist es eine dumme Geschichte. Die Mutter hat es gerade satt. Da könnte es schon etwas geben. Was tun wir?«

Dies »Was tun wir« berührte Valentin eigentümlich. Er fühlte sich plötzlich mit dem schönen Geschöpf in dem Wörtchen »wir« wundersam verbunden, starrte sie staunend an und vergaß fast zu antworten. Endlich erwiderte er zaghaft, gebrauchte aber das ihm geheimnisvolle Vereinigungswort aus Scheu nicht, als könne das Mädchen die tiefe Bedeutung der Silbe, die sie in seinem Munde erhielt, erraten und sagte: »Man muß die Wäsche in die Höhe nehmen, das wird schon gehen.«

»Ja, aber sie hat geschleift, da wird sie wohl hin sein«, erwiderte Lulu kleinlaut.

»Das wäre!« Valentin nahm die Leine in die Höhe und richtete die Stangen wieder zur Hebung und Stütze auf. Da bewegten sich die Wäschestücke mit einem großen, braunen Saume hin und her.

»Nun haben wir's«, rief Lulu, und beide standen ratlos und betrachteten das Unglück.

»Wird das auszuwaschen gehen?« fragte Valentin.

»Ja, aber wie? – So große Stücke!« seufzte sie. »Die Mutter wird es schon so schlimm nicht machen, wir wollen es lassen.«

Unser Freund erinnerte sich an den bösen Wunsch, den Karl Frey dem schönen Geschöpfe zugedacht hatte, und er fürchtete, Ähnliches könnte wirklich in Erfüllung gehen. »Nein, nein!« sagte er deshalb, und in der Erregung gebrauchte er das bedeutungsvolle Wort. »Wir waschen es aus.«

Da sah ihn Lulu lachend an: »Eine närrische Waschfrau, die über den Zaun springt. – Dann«, sagte sie, »müssen wir die Treppe zum Kanal hinunter und das ganze Zeug mitschleppen. Wir werden es dabei vollends zu Grunde richten.«

»Ach was«, unterbrach sie Valentin, »das wird gehen.« Und er machte sich darüber her, die geschädigten Stücke von der Leine zu nehmen. Das war für seine Ungewohntheit und für sein geringes, praktisches Geschick nicht leicht. Überall zipfelte und schleppte es, als er die großen Laken sich über Arme und Schultern legte, und Lulu lachte und räsonierte, daß sie ihn um sein bißchen Überlegung, die ihn in dieser ganz absonderlichen Situation überkommen hatte, brachte.

Als sie seinen Bemühungen ein gutes Weilchen zugesehen hatte, sagte sie: »Wir bringen es nicht hinunter, da wollen wir uns das Wasser heraufholen und oben waschen: das wird besser sein.«

»Mir ist's recht«, sagte Valentin atemlos unter seiner schweren, nassen Bürde.

»Legt die Stücke nur auf den Rasen, da liegen sie gut. Wir holen derweilen das Wasser.«

Nun gingen sie miteinander durch den Garten. Im äußersten Eckchen am Kanal stand ein verwittertes, ungepflegtes Gartenhaus. Das ganze Anwesen stimmte dazu, denn Wege und Rasenplätze schienen arg verwildert zu sein. Der Garten war aber trotzdem ein schönes, großes Stück Land. Er schien gleichsam der Pflege entronnen und war daran, wieder in seinen Naturzustand zurückzukehren. Jedes Kräutlein durfte wachsen, wie und wo es wollte, und allerlei Geniste, Gestrüppe und dürres Holz störte so wenig, als es in einer Wildnis gestört hätte. In dem verfallenen Gartenhaus war die Waschküche der Frau Ambrosius. Ehe man dies Gartenhaus erreichte, führte von dem grasüberwucherten, breiten Weg ein schmaler Pfad seitab durch hochgewachsenes Strauchwerk. Lulu bog die Zweige auseinander und schritt auf dem Pfade voraus. Nur wenige Schritte brauchten sie durch das grüne Dickicht zu gehen, da standen sie auf einem kleinen, sonnigen Platze und ihnen gegenüber ragte ein hohes, hölzernes Kreuz das in einen breiten, steinernen Sockel eingerammt war. Die Stelle, an der einst des Herrn Haupt gelehnt hatte, war mit einem von der Zeit gebräunten, vergoldeten Strahlenkranze umgeben. Hinter dem Kreuze erhoben sich zwei schöne, vollzweigige Tannen dunkel in die Mailuft hinein. – Die Wipfel dieser Tannen hatte Valentin schon von des Meisters Garten aus bemerkt. Die hellen Triebe der beiden ernsten Bäume funkelten im Sonnenschein.

Dieser kleine Platz war unbeschreiblich schön und machte in seiner Abgeschlossenheit einen ganz eigentümlichen Eindruck. Das düstere, wahrhaft mächtige Kreuz inmitten aller Frühlingspracht berührte Valentin tief. Er stammte aus protestantischem Lande und ihm war die Sitte, an Gottes Leid und seine Liebe auf Weg und Steg erinnert zu werden, noch neu, und es wurde ihm jetzt zumute, als sei er in die Kirche getreten. Lulu stand schweigend neben ihm, gelassen und doch mit einer wichtigen Miene, wie sie sich jemand zu geben pflegt, der etwas ihm Bekanntes, zur Bewunderung Aufforderndes einem andern zu zeigen bemüht ist.

»Wie kommt das Kreuz hierher?« fragte Valentin.

»Das ist noch vom Kloster her«, sagte Lulu. »Das ganze Haus war ein Kloster, daher wird es wohl stammen. Sonst hat ein großes Christusbild daran gehangen, denn, wenn Ihr Euch so stellt, wie ich stehe, da seht Ihr noch die Nägel, die ragen weit hervor. Im Hause soll einer gewohnt haben, der das Kreuz wieder instand bringen ließ. Der Hauswirt freilich hätte das nicht getan, der ist ein rechter Liederlich, der sich um nichts kümmert; man hat ewig nur Streit mit ihm. – Aber das ist ein schöner Platz«, fuhr sie fort, »der dunkle Busch ist eine Eibe. – Die ist giftig!« fügte sie hinzu.

Valentin war von der Weihe des Platzes ergriffen, und vor seiner Seele stand ein frommer Klosterbruder, der einst das Kreuz errichtet und die Bäume gepflanzt und in heiliger Widmung sein Leben in dem schönen Garten verbracht hatte.

»Kommt nun!« sagte Lulu und schlüpfte ihm wieder voraus auf den Weg zurück.

Im Waschhause der Frau Ambrosius standen die Kübel, der Zuber und allerlei Geräte in Feiertagsruhe. Lulu zeigte auf ein handliches Geltchen, das in der Ecke lehnte. »Damit ginge es schon«, sagte sie, und Valentin nahm es auf. Die Kleine war, da die Sache wie Spiel aussah, in Eifer geraten und packte das Gefäß hurtig mit an. Sie schleppten es miteinander die schmale Kanaltreppe hinab, und Valentin füllte es.

Oben unter den Leinen fing nun das Spülen, Plantschen und Wringen an. Die hellen Wassertropfen, welche die beiden in ihrem Treiben um sich her spritzten, funkelten im Sonnenscheine, der durch die frischgrünen Zweige blitzte. Valentin hatte seinen Sonntagsrock ausgezogen, die frischen Hemdärmel etwas aufgestreift und war glücklich, und die Kleine schien auch bei bester Laune zu sein. Sie wirtschaftete in dem Wasser wie ein munterer Spatz, der sich in einer Pfütze das Gefieder putzt, war über und über schon naß und tropfend.

»Sieh nur«, sagte sie zu Valentin und wrang den Zipfel ihrer rosa Jacke aus, daß ein paar Tröpfchen ihr die Finger herabrannen.

Valentin war eben dabei, eines der Tücher, das sie so halbwegs zu Ende gebracht, auf die Leine zu hängen, da fragte sie: »Wo kommt Ihr denn eigentlich her?«

Er nannte ihr seine Heimat.

»So?« sagte sie. »Wo liegt die?«

»Weiter im Norden hinauf!« erwiderte er.

»Wir kommen mehr aus Süden«, sagte sie beiläufig und doch so, daß man merkte, sie wollte sich mit dieser Bemerkung einen Vorzug geben. »Was tut Ihr hier?« fuhr sie weiter fort.

»Ich bin der neue Geselle bei Merne«, antwortete Valentin.

»So? Ist denn der alte noch da, oder muß der nun fort?«

»Nein, der bleibt.«

Lulu rieb, plantschte an ihrem Wäschestück und erwiderte in einem geschäftsmäßigen Tone: »Der ist ein rechtes Schafsgesicht; ich meine, er sieht aus wie ein Schaf.«

Da blickte Valentin sie belustigt an.

»Die meisten haben Tiergesichter«, fuhr sie fort.

»Wie denn?« fragte er.

»Ja, das ist so. Ich kenne viele Menschen, wenn man von Kindheit an in der Welt herumkommt, da gibt sich das so; und immer neue – immer neue zu sehen, das macht einen verwirrt. Da habe ich mir etwas erfunden, damit ich überall gute Bekannte finde.«

»Nun, was denn?« fragte er.

»Wenn man viele beieinander sieht und sie sich ordentlich anschaut, da bemerkt man etwas. Die einen sehen aus wie Pferde, – ich meine die Gesichter, – das sind gute Leute und haben immer etwas Witz. Dann gibt es Affen, die sind sehr schnell, klug und lustig, ganz wie die Affen. Und Katzen gibt es, kleine Miezekatzen und große Tigerkatzen, wie man sie in den Buden sieht, das sind böse Leute, und die ganz großen Katzen sind würdige Leute, aber man muß sich vor ihnen hübsch in acht nehmen. Auch Hähne gibt es und Gänse, da weiß man schon, wie man mit ihnen daran ist. Papageien, das sind seltene Vögel, aber es steckt nichts dahinter, sie sind dumm und lügenhaft. Euer Meister und die Meisterin sehen beide wie Biber aus, so hübsch glatt und rund. – Wißt Ihr das? Und ich möchte, mein Mann, das heißt, den ich einmal bekommen werde, hätte ein Pferdegesicht. Die Pferde sind mir die liebsten, denn sie sind hübsch, klug, vornehm und sehr oft reich. – Das ist so«, versicherte sie und fuhr zu schwatzen fort. »Und derart Gesichter sehe ich überall wieder, so weil wir auch umhergezogen sind. Da kommt der Hase, denke ich, wenn ich in einem Städtchen bin und so einem begegne, und wenn er zu sprechen anfängt, denke ich, daß es mein alter Hase ist, den ich im anderen Städtchen kennenlernte. Und auch, wenn ich dem Schaf, der Katze begegne, kenne ich sie schon.«

Valentin blickte sie nachdenklich an, es beängstigte ihn, daß sie die Menschen so absonderlich behandelte. Ob das wohl recht von ihr ist? dachte er. Wie alle gegen sie gut sind, und sie hält sie zum Narren!

Ohne recht zu wollen, fragte er: »Was für ein Tier bin ich?«

Sie blickte ihn an und sagte: »Ein Hund!«

Das war ihm nicht recht; was hätte er um ein anderes von ihr so sehr bevorzugtes Tier gegeben! Da er sich aber gerade über die Waschwanne zu ihr hinbog, strich sie ihm mit ihrer kleinen, feuchten Hand leicht über das volle Haar, wie man einem Hunde über den Kopf fährt. »Aber ein sehr schöner, netter Hund«, sagte sie. Dabei blickte sie ihn tief an.

Da bemerkte er, daß sie grünlichbraune Augen zu ihrem blonden Haar hatte, und die Gestalt der Apollonia, an die er lange, lange Zeit nicht mehr gedacht, belebte sich mit einem Male körperlich vor ihm. Er wußte jetzt, an wen Lulu ihn bei dem ersten Anblick erinnert hatte, in Wahrheit an sein Ideal, das in der frühesten Jugend schon klar und deutlich in seiner Phantasie gewohnt hatte. Bei dieser Erkenntnis stieg ihm das Blut siedend heiß zu Gesichte: und Lulu lachte.

»Weiß ich doch nicht einmal, wie Ihr heißt?« fragte sie.

»Valentin Bärlein«, sagte er.

»Bärlein?« wiederholte sie. »Hündlein, was für einen Namen hast du? Der ist nicht schön und zu komisch für dich. – Du bist auch sicher arm. – Nicht wahr?«

»Nun, arm gerade nicht! Wir haben ein hübsches Häuschen auf dem Kannerückchen« – das entfuhr ihm so.

»Nun gar auf dem Kannerückchen!« rief sie. »Das muß ein schönes Haus sein, wohl von Pappe? Also ein so kleines Häuschen hast du, daß es auf dem Kannerückchen stehen kann?«

»Die Gasse, in der wir wohnen, heißt so«, erwiderte er.

»So?« sagte sie. »Aber weißt du, was ich reich nenne? das ist so: – Wenn man mit seinem Gelde auf der Gasse Fangeball spielen kann und bückt sich nicht, wenn es davon gerollt ist.«

»Das ist schon richtig, so reich bin ich nicht«, stimmte Valentin ihr bei.

»Nun siehst du, dann ist es auch nichts Rechtes für dich. Wer so aussieht wie du, der muß alles vollauf haben und dürfte mit nichts zu knausern brauchen. Der müßte witzig sein, müßte Geld haben, so viel Geld, wie ich meine; müßte alle Tage ein reines Vorhemdchen anziehen und tun und treiben können, was er nur wollte. So aber kommst du mir und allen, die dich begreifen werden, wie bestohlen vor, und man ärgert sich, daß du dich hast bestehlen lassen. Du Taps!« Damit spritzte sie ihm eine Ladung Wasser ins Gesicht. Und Valentin dachte, daß es mehr als nötig sei.

»Der Tausend auch«, sagte er. »Sie sind ein rechter kleiner Bengel. Die Leute haben ganz recht, über Sie zu räsonieren.«

»Wer räsoniert? Vielleicht Karl Frey. Sie aber nicht, Valentin, du räsonierst nicht!« Das sagte die kleine Hexe, so leicht hin. Valentin, der sich bis jetzt im stillen verwundert hatte, daß sie ihn so ohne weiteres »du« nannte, wollte sich auch etwas herausnehmen und begann zaghaft und unsicher: »Was für eine Mode ist das, einen wildfremden Menschen, wie ich für Sie einer bin, ›du‹; zu nennen?«

»Das ist meine Mode«, sagte sie. »Warum sollte ich es nicht tun? Zu jedem werde ich nicht ›du‹; sagen, und wen ich so nennen will, der hat nicht darüber zu klagen, und tut er es, so ist er ein –.« Sie tippte mit ihrem Fingerchen bedeutungsvoll auf ihre hübsche, gewölbte Stirne. »Wenn Ihr über den Zaun zu mir herüberspringt, und wir zusammen hier waschen, das kommt nicht alle Tage vor. – Ich nenne dich ›du‹; und damit gut.«

Valentin war es bänglich ums Herz, er fühlte sich in der Nähe der Kleinen unsicher. Etwas Fremdes, Ungewohntes berührte ihn und flößte ihm Scheu ein, zog ihn aber zu gleicher Zeit mächtig zu ihr hin. Das einzige Weib, das ihm bis jetzt das Herz bewegt, die Apollonia, die Vorstellung, die er sich von dem längst verschwundenen Geschöpfe gemacht halte, erschien ihm heimischer als das Wesen der hübschen Lulu, das ihm jetzt entgegentrat. Wunderbar, daß jenes von ihm fast vergessene Phantasiegebilde sich jetzt in die Wirklichkeit schattenhaft einschlich und in zarten Zügen sich neben der munteren Schwester lieblich bewegte.

Lulu ahnte schwerlich, welch eine Nebenbuhlerin sie hatte. Valentin aber war von dem süßen, ernsten Reiz seiner ersten Liebe hier in Lulus Nähe sehnsüchtig bewegt. Er gedachte der rührend innigen Dinge, welche die alte Machlett von ihr zu erzählen wußte, und er ahnte eine Tiefe von Leid und Hingebung in den Augen jenes armen Schemens, die ihn bis ins Innerste wie reine Wahrheit und Größe berührte.

»Nun, was denkt Ihr?« fragte Lulu. Da schüttelte er den Kopf, erwiderte nichts und blickte sie mit seinen mächtigen Augen, die zu dem schüchternen Wesen nicht im Einklang standen, an, so daß sie betroffen schwieg. Es war ihr unbegreiflich, daß er so blicken konnte.

Ehe die beiden mit ihrer Wäsche zu Ende kamen, rief Lulu: »Da ist die Mutter und will nach dem Trocknen sehen.«

»Wird sie böse sein?« fragte Valentin.

»Wollen sehen!« meinte Lulu gelassen. Da kam die Frau den Weg entlang. Sie ging in einem dunkelblauen, faltigen Wollrock sonntäglich geputzt einher, ohne nur aufzublicken, und ruhig im Bewußtsein, alles in schönster Ordnung vorzufinden, und war höchst erstaunt, das Töchterchen mit einem schönen Burschen am Waschtrog zu sehen. »Nun, was soll das?« fragte sie.

»Ich habe die Wäsche herabgeworfen«, sagte Lulu einfach, »die haben wir miteinander wieder gewaschen.«

Die gute Frau Ambrosius wußte nicht, was sie dazu sagen sollte. »Warum treibst du dich auch bei der Wäsche umher«, begann sie unzufrieden. – »Und wer ist denn der junge Herr?« fragte sie befremdet.

»Hündlein heißt er«, erwiderte Lulu.

»Ach was, keinen Unsinn!« brummte die Alte.

Da fuhr ein kleiner Teufel über Lulus Gesicht. Sie verbesserte sich. »Nein, nein«, sagte sie, »Bärlein heißt er!«

»Willst du still sein!« Die Mutter nahm sie etwas unsanft bei der Hand, und damit sie sich nicht erkältete, streifte sie ihr den nassen Ärmel in die Höhe. »Wie du aussiehst! Schämst du dich nicht?«

Jetzt trat Valentin auf und sagte: »Ich heiße Valentin Bärlein und bin der neue Geselle bei Merne. Die Tochter hatte mit der Wäsche Unglück, da bin ich übergestiegen und habe geholfen.« »So? da habt ihr miteinander gewaschen?« fragte die Erstaunte und musterte den fremden jungen Menschen von oben bis unten. »Das ist etwas Neues! – Aber kann man den Rücken wenden, ohne daß sie sich mit einer Dummheit abgibt? – Gott bewahre! Statt daß sie Rücksicht nimmt, wenn sie sieht, wie man sich die Woche über geplagt hat und den Sonntag dann genießen möchte, nein, da denkt sie sich ganz besondere Dummheiten aus, damit man nur nicht Ruhe hat. – Du Bösewicht!« sagte die Frau mit einem so innigen, zärtlichen Tone, daß Valentin betroffen war, da er meinte, nun ginge der Sermon erst recht an.

Die Frau Ambrosius zog das Töchterchen fest an sich. »Wie naß du bist, läppisches Ding: da könnte unsereins Tag und Nacht waschen und richtete sich nicht so zu«, sagte sie zu dem ihr Unbekannten gewendet, grüßte und wollte mit Lulu davon gehen.

»Wie wäre es, wenn er mit spazierenginge?« fragte Lulu die Mutter und sah Valentin an.

»Mir ist's recht«, meinte die Alte, »wenn er will.«

»Also so gegen viere«, sagte die Kleine. Er konnte kaum etwas erwidern; die kräftige Frau Ambrosius hatte die nasse, sehr zerzauste Lulu an die Hand genommen und ging mit großen Schritten mit ihrem Mädel dem Hause zu. Lulu nickte ihm lachend zu, solange sie ihn erblicken konnte, und Valentin legte noch die unfertigen Wäschestücke, die wild auf dem Rasen umherlagen, über das Waschgefäß, um der armen Ambrosius, wenn sie darüber käme, das Übel nicht zu augenscheinlich zu machen; stieg dann wohlgemut über den Zaun und schlenderte mit klopfendem Herzen durch des Meisters gepflegten Garten dem Hause wieder zu.

Er war in größter Bewegung und sehr erstaunt, daß es so zugehen konnte. Bei Tisch, als der Meister ihn fragte, womit er sich den Vormittag vertrieben, erzählte er sein Abenteuer, mußte aber innerlich lachen über die Art und Weise, in der er es mitteilte, so trocken und alltäglich, daß niemand ahnen konnte, was für eine Welt von außergewöhnlichem Reiz und Erregung die einfachen Tatsachen, deren er erwähnte, umschlossen. Und Valentin erschrak, als er empfand, wie unmöglich es sei, von dem, was er gefühlt und erlebt, reden zu können, und daß er sich in Geheimnisvolles, Unaussprechliches begeben habe. Fast zaghaft sagte er: »Den Nachmittag hat mich die alte Ambrosius aufgefordert, einen Spaziergang mitzumachen.«

»Nun, nehme Er sich nur in acht«, meinte die Meisterin. –

Glückselig und stolz, aufs beste ausstaffiert, spazierte Valentin um die besprochene Stunde mit der Garderobefrau und mit der Tochter zur Stadt hinaus. Es wurde ihnen nicht wenig nachgeblickt, denn die schöne Lulu war von jedem gekannt.

»Was hat sie sich da für einen Prinzen mitgenommen?« fragten sich im Vorübergehen ein paar muntere Burschen.

Das hörte Lulu und blickte Valentin lächelnd an.

Ein so herrlicher Maitag in Gesellschaft eines schönen, gefährlichen Kindes verbracht, könnte es einem jungen Burschen wohl fürs Leben antun.

Valentin war es bis jetzt nicht beigefallen, daß das Leben so Schönes bieten könnte, und was sich ihm im Herzen regte, schien ihm völlig neu; also war die Welt doch reicher, als er geglaubt. Von jeher hatte er sich unbefriedigt von dem Gegenwärtigen gefühlt und deshalb die weite Vergangenheit zur Vervollständigung, gleichsam zur Dekoration seines Lebens mit herangezogen. Jetzt aber hätte wohl die Zauberkraft eines alten Ringes oder Gemäuers nicht hingereicht, um ihm den Augenblick vergessen zu machen.

Die schöne Landschaft war dazu angetan, daß der Mai sich heimisch in ihr aufhalten konnte. Blühende Bäume halten all seine Pracht in den Zweigen aufgefangen und trugen sie zur Schau. Das junge Grün funkelte in feuchter Klarheit. – Lulu war in bester Laune. Die Mutter ging schweigsam und würdig neben der Tochter einher und trug ehrbar ihre braune Plüschtasche mit Gebackenem gefüllt am Arm.

Sie wanderten auf Lulus Vorschlag nach einer Mühle, die ein Stündchen von der Stadt entfernt lag. Unterwegs griff die Kleine manchmal in die Tasche der Frau Ambrosius, brach ein Bröckchen von dem Kringel ab und knusperte daran.

»Hier, Valentin Hündlein!« sagte sie einmal, sah ihn schelmisch von der Seite an und schob ihm einen kleinen Bissen zwischen die Lippen.

Der Frau schien Lulus Benehmen nicht ganz recht zu sein, und sie klagte gegen Valentin, als Lulu Anemonen pflückend vor ihnen vorausgegangen war, daß das Mädchen so ein böser Schelm sei und ihr deshalb viele Not mache.

»Meine einzige Sorge«, sagte sie, »ist, daß Lulu einen guten und reichen Mann bekommt, der es mit ihren Launen aufnehmen kann. Reich muß er durchaus sein, denn nur mit Verbieten und Verweigern ist hier nichts getan, man muß viel gewähren können, wenn der kleine Narr zufrieden sein soll. Es wird mir es niemand glauben, wie schwer ich zu tragen habe und wie ich den lieben Herrgott bitte, daß mein Herzenswunsch in Erfüllung gehen möchte. – Ich sage Euch das«, fuhr die Frau fort, »damit Ihr auf Eurer Hut seid und es Euch nicht zu Kopfe steigen laßt, wenn sie gar zu freundlich ist. Ich kann es ihr nicht verwehren, denn sie ist so von Kindheit an gewesen. Ihr könnt denken, daß bei dem Leben, das wir führen, viele Aussicht zu Anbetern ist, aber wenig zu einem Mann, wie sie einen braucht und wie Ihr keiner seid.« Das sagte die Frau treuherzig klar und fuhr dann fort: »Da sie meine Tochter ist, muß ich für das Mädel sorgen, und so schlimm sie manchmal sein kann, mein ganzes Glück bleibt sie doch.«

Valentin rührte der sorgliche Ton, mit dem die behäbige Frau Ambrosius ihm die Eröffnung gemacht hatte. Die reizende Zutunlichkeit der Tochter sprach so viel deutlicher und mächtiger als die Warnung der Mutter, daß letztere ihn kaum beunruhigte und bei dem nächsten Blick und Wort Lulus vergessen war.

In der Mühle ließen sie sich von der Wirtin einen Kaffee kochen und saßen miteinander in dem Mühlengärtchen unter frischgrünen Birken. Der Sohn der Wirtin, ein fünfzehnjähriger Bursche, wußte gar wohl, welch einen seltenen Gast die Mutter heute zu versorgen hatte, und schlich dieser nach, als sie die bunten Tassen aus dem Schranke nahm und hinaustrug. Er wagte sich nicht bis an den Tisch, wo die Fremden saßen, sondern blieb in einiger Entfernung am Birkenstämmchen gelehnt stehen und sah sich das Wunder, die Schauspielerin, an und zwar ausdauernd.

Lulu bemerkte ihn und machte Valentin auf den Knaben aufmerksam. Kaum hatte sie das getan, war der Neugierige mit einem Male verschwunden, kehrte aber bald zurück und hielt auf dem

Zeigefinger einen zahmen Star, dem er über die Flügel strich, ihm auffällig zunickte und sich mit ihm zu schaffen machte.

Nach einigen Bemühungen fing der Vogel ganz gewaltig zu schnarren an, sträubte die Federn und gebärdete sich possierlich. Lulu sagte:

»Nun seht nur, was für ein Schlingel der Junge da ist«, und sie zwitscherte kaum hörbar, lächelnd zu Valentin gewandt:

»Sitzt mein Schatz am grünen Hang
Und die Nachtigallen singen.
Ach! daß solch ein süßer Sang
Möcht in ihre Seele dringen!

Schweige, arme Nachtigall.
Schweig von deinen Schmerzen,
Denn es dringet Liebesklang
Dieser nicht zu Herzen.«

»Was für ein Lied ist das?« fragte Valentin.

»Das ist mein Lied«, erwiderte sie lächelnd.

»Wie denn?«

»Das hat der Schulmeister in Schnabelweid für mich gemacht. Frau Schulmeister hätte ich auch werden können«, sagte sie und strich fast unbewußt bei diesem Gedanken die Löckchen zurück und nickte der Mutter bedeutungsvoll lachend zu.

Valentin fiel es aufs Herz, daß sie so unbefangen heiter von den Hoffnungen eines Menschen sprach, die sie zerstört hatte, und das Liedchen, so unbedeutend es war, schien ihm unendlich rührend, das Mädchen bitter anklagend. Er sah sie im Geiste mit dem Schulmeisterlein reizend und zutraulich sich betun und ahnte, daß dem Armen der Abschied gar schwer geworden sein mochte.

Da war die harmlose Freude an dem schönen Geschöpfe, wie es schien, für einen Augenblick aus seiner Seele verschwunden. Schmerzlich blickte er auf Lulu und empfand doch das brennende Verlangen, das Mädchen in die Arme zu schließen.

Während Valentin solchergestalt sich den dämonischen Mächten beinahe widerstandslos dahingab, spielte der Knabe unter der Birke in der Absicht, daß die Schöne ihn bemerken sollte, angestrengt mit seinem Stare.

»So, nun komm' einmal her!« rief Lulu schelmisch. Dem Bürschchen kam diese Aufforderung immerhin unerwartet, und es trat, rot übergossen, zaghaft näher.

»Beißt er?« fragte Lulu und hielt den Finger dem Vogel hin.

»Nein, er ist gut«, sagte der Knabe, und Lulu ließ den lustigen Kumpan auf ihrem Ärmel spazieren.

»Hast du ihn selbst erzogen?«

»Ja!« sagte er, stolz, daß er eine befriedigende Antwort geben konnte. »Er kann auch sprechen, aber er ist eigensinnig und will nicht.«

»So, dann gib ihm einen Klaps auf sein dickes Federgesicht; da ist Platz zu einer kleinen Ohrfeige. – Nicht wahr, mein Stärchen?« und sie versuchte, ihn mit dem Finger so zu strafen, wie sie es eben vorgeschlagen hatte. Der Knabe fühlte sich außerordentlich dadurch belustigt, lachte aber kaum, sondern musterte Lulu erstaunt von oben bis unten.

»Sind wir denn schon einmal im Theater gewesen?« fragte sie jetzt und schaute auf den Vogel herab.

»Ja, gestern«, erwiderte der Knabe, hatte seine Stimme nicht in der Gewalt und errötete von neuem.

Da streifte Lulus Blick Valentin, der sich noch nicht hatte entschließen können, mit ihr von dem Abend zu sprechen. Er schlug die Augen nieder, denn er konnte auch jetzt kein Wort hervorbringen. Da lächelte Lulu, schwatzte mit dem Knaben noch eine gute Weile über den Vogel, und zuletzt bot der kleine Narr seinen Liebling zum Geschenk an.

Sie schüttelte das Tier aber leicht von ihrem Ärmel ab und sagte: »Was soll ich mit ihm tun? Behalte ihn nur und rufe deine Mutter! Nicht wahr«, sie blickte fragend auf, »wir gehen jetzt?«

Das war allen recht und man machte sich bald auf den Heimweg. Lulu hing sich ganz behaglich, als wäre sie es seit Wochen schon so gewohnt, an Valentins Arm, und wenn er auf sie herabsah, erschrak er, wie nahe ihr Köpfchen sich zu seiner Schulter neigte. Den Hut hielt sie in der Hand, und eine blonde, glänzende Locke hatte Valentins Arm umschmiegt, als sei das schöne Geschöpf durch solch vollen Strähn an ihn gefesselt.

Lulu wurde müde und wandelte ganz still wie ein ermattetes Kind.

Valentins Phantasie aber begnügte sich nicht mit der allerliebsten Gegenwart, sondern beschrieb weite, dämmernde Kreise um das Glück, das ihm an der Seite ging, spielte mit den beiden Schwestergestalten, die sich in seinem Herzen zusammengefunden hatten, mit der Apollonia und der beglückenden Lulu, ein wunderliches Spiel. Wie zwei Flammen ließ er sie schön ineinander fließen, dann teilten sie sich wieder sanft und kaum merklich, um neu sich zu vereinigen und das Spiel wieder zu beginnen.

Als Valentin Abschied von seinen Nachbarinnen genommen hatte und der kleine, warme Arm nicht mehr in dem seinigen ruhte, war es ihm öde und sehnsuchtsvoll ums Herz. Bedrückt und doch selig suchte er spät am Abend sein Lager auf.

Am andern Tage begann die Arbeit, und gut war es für ihn, daß er bis jetzt sein Lebtag gleichgültig und ohne Liebe das Tagewerk vollbrachte, sonst hätten ihm Ungeduld und Erinnerung böse Streiche spielen können. Er kannte die Arbeit nur als eine vom Glücke zurückhaltende Beschwerlichkeit, und er hatte sich, wenn auch dazu gezwungen, fest in ihr Joch eingewöhnt.

Jeden Feierabend aber, an dem er sich wegstehlen konnte, verbrachte er drüben in der großen Bügelstube der Frau Ambrosius oder rannte gleich nach Beendigung der Arbeitszeit wie besessen in das Theater. Aber immer tiefere Erregungen, immer größere Unruhen wuchsen in ihm.

Das Benehmen der reizenden Lulu blieb sich ihm gegenüber gleich. Sie änderte sich von dem ersten Tage ihrer Bekanntschaft an in nichts. Wie die Sonne an einem schönen Frühlingsmorgen überstrahlte sie die, denen sie erlaubte, sich ihr zu nähern; aber die Sonne stieg nicht höher, sondern blieb in der funkelnden Frühstunde stehen.

Welches Verlangen aber nach Feuer lebendiger Wärme das schöne Mädchen dennoch erregte, konnte sie wohl schwerlich ermessen, und welche Welt von Qual und überschwenglichem Glücke Valentin an ihrer Seite verlebte, wußte sie nicht zu empfinden. Der schöne, gute Mensch hatte sie im ersten Augenblicke angezogen, in ihr lag ein mächtiger Trieb nach Schönheit, der auch Gelegenheit hatte, sich augenscheinlich zu offenbaren. Erstaunlich war es, welch tiefgefühltes Verlangen nach Vollendung in ihren Bewegungen lag. Ihr Tanz erschien ein künstlerisches Wollen, das Schöne darzustellen und, so lange es in ihrer Macht stand, festzuhalten. Eigentümlich war es, daß sie Valentin gleich bei der ersten Begegnung richtig gewürdigt hatte. Von seiner Schönheit wahrhaft betroffen, hatte sie erkannt, daß in dieser der größte Wert des armen Burschen liege. In ihrem Herzen fühlte sie mit Valentin Mitleid, weil er die große Gabe seiner Schönheit nutzlos mit sich umhertrug und wenig durch sie beglückt werden konnte aus dem Grunde, weil an einem armen, einfachen Burschen so übermäßige Schönheit ein unnötiges Anhängsel ist. Ohne viel darüber nachzudenken, hatte sie Valentin an sich gefesselt. Es war ihr angenehm, ihn um sich zu sehen. Sie mochte wohl bei ihrer Lebensweise mit viel unlauterem Gesindel verkehrt haben, denn ihr tat das scheue, sanfte Wesen des schönen Menschen wohl.

Sie plauderten abends, wenn die Mutter noch an ihrem Bügelbrette beschäftigt war, miteinander in einer dämmerigen Ecke des großen Raumes. Lulu erzählte ihm lustige Theatergeschichten, und bei der Art, wie sie erzählte, wie sie es verstand, sich immer in neuen, wechselnden Verhältnissen und immer selbst erlebend darzustellen, entrückte sie sich fortwährend seinen Augen. Er hatte dadurch nicht das Bewußtsein, daß sie, im Augenblicke wenigstens, in seiner Nähe und ihm gehörig sei, sondern mußte ihrem reizenden Erzählen folgen und das Mädchen immer mit neuen Menschen in lebhafter Verbindung sehen. Sein eigenes Verhältnis zu ihr, das leidenschaftlich in alle Weiten sich auszudehnen bestrebt war, wollte ein Leben ausfüllen, es schien durch das Beispiel der vielen sich knüpfenden und sich wieder lösenden, mannigfaltigen Verbindungen, die sie lebendig vor ihm sich entwickeln ließ, in den engbegrenzten Raum einer Episode gezwängt zu werden.

Er hörte ihr oft mit Qualen zu, die etwas Verzehrendes in sich trugen, und zwischen Lulus lachender, leichtsinniger Heiterkeit und dem großen Ernste, mit dem Valentin ihre Begegnung auffaßte, lag eine Kluft – tiefer als zwischen Haß und Liebe.

An einem Abend war Valentin bei der schönen Lulu in der großen Stube der Frau Ambrosius, und zwar schien das Beisammensein der beiden auf den ersten Blick wenig bedeutungsvoll zu sein. Es gab den Eindruck, als wären sie von der Gewohnheit zueinander geführt oder als läge es in der Macht jedes der beiden, ruhig, ohne Schmerz sich nach Belieben wieder zu meiden. Sie waren allein im Zimmer, und die Gewalt des Schicksals, das übermächtig zusammenführt, war in dem stillen Räume nicht zu spüren. – Lulu wandelte auf und nieder und lernte ihre kleine Rolle für den folgenden Tag und Valentin lehnte übergeduldig an dem großen Kachelofen. Lulu trug wieder das behagliche, eigentümlich kleidsame Hausgewand; die wunderlich rosa Jacke, das braune Röckchen. Sie schlenderte im Zimmer auf und ab, als ginge der junge Bursche, der träumerisch am Ofen stand, sie nicht das geringste an.

Valentin mußte warten, bis sie geendet hatte. Sie lernte ihre Rolle schwer und widerwillig, und niemand durfte es wagen, sie dabei zu stören. Lulu war eine mittelmäßige Schauspielerin, hatte sich aber, da ihr die Bretter von frühester Kindheit an heimisch geworden waren, eine gewisse Geschicklichkeit und Sicherheit im Darstellen angeeignet, die dem Publikum vollständig genügte, und außerdem stand sie unter dem Schutze eines guten, natürlichen Taktes.

Heute schien ihr die Aufgabe unpaß gekommen zu sein. Das Heft, aus dem sie lernte, lag auf dem Bügelbrette. Wenn sie hineingeschaut und das Gelesene im Auf- und Niedergehen ihrem Köpfchen einprägen wollte, hatte sie es halbwegs schon wieder vergessen und suchte von neuem, gähnend und gedankenlos, in den Zeilen.

In Valentin begann sich nach und nach die Ungeduld zu regen. Er wußte noch aus Erfahrung, daß es etwas mit dem Lernen auf sich habe, und hatte vor Lulus Anstrengungen allen Respekt, aber das scheinbar vollkommene Vergessen seiner Person ließ ihn länger nicht ruhen. Ärger und Schmerz darüber stiegen ihm zu Kopfe.

»Lulu!« rief er erregt, als sie wieder einmal achtlos an ihm vorüberging. Sie stand ihm gerade gegenüber, und als sie aufsah, trafen sich ihre Blicke mit denen Valentins, in dessen Augen die ganze Qual plötzlich mächtig ausgesprochen lag.

Da streckte sie den Arm in die Höhe und legte das Händchen auf seine Augen. »Du sollst nicht«, sagte sie fast innig erregt. Da umfaßte er sie heftig und küßte sie. Sie wehrte sich nicht dagegen, und als er sie ganz berauscht von seiner Kühnheit und seinem Glücke wieder losließ und in demselben Augenblicke sie wieder faßte und in voller Leidenschaft um Verzeihung bat, lachte sie, machte sich wie unversehens frei von ihm und sagte beinahe unverständlich und gelassen: »Was fällt dir ein! So ein Narr, wie du bist!«

Indem sie das sagte, streckte sie sich und gab ihm ein kühles Küßchen auf die Wange.

»So einer fliegt wieder davon, du Bärlein!« flüsterte sie lächelnd, ging zurück an ihr Buch und suchte wieder in den Zeilen.

Valentin blickte verletzt vor sich hin. Das Küßchen der klugen Lulu hatte ihn in seinem heißen Herzen kühl berührt.

Sie hatte eine wunderlich reizende und doch klare Art gewählt, zurückzuweisen. Unmöglich hätte man von ihr eine Härte oder Grobheit erwarten können.

Valentin hielt sich noch ein Weilchen auf und wußte nicht recht, was er tun sollte. Endlich entschloß er sich zu gehen und reichte Lulu die Hand zum Abschiede.

»Du willst nicht bleiben?« fragte sie.

Er schüttelte schweigend den Kopf.

»Nun, geh!« fügte sie freundlich hinzu.

Als Valentin über die dunkle Straße schritt, lag das Leben hoffnungslos vor ihm und tief erregend. Er beschloß, als er nachts nicht schlafen konnte, den nächsten Abend nicht hinüberzugehen. Dieser ziemlich sinnlose Entschluß brachte ihm endlich Ruhe. Er hielt aber sein Vorhaben nicht, sondern konnte am andern Tage kaum die Stunde erwarten, die ihn wieder zu Lulu brachte.

So ging ein gut Teil des Sommers hin, ohne daß etwas Besonderes geschehen wäre, als daß es in Valentins Herz fort und fort brannte, und daß Lulu nicht aufhörte, reizvoll zu sein.

Seit jenem Abend aber hatte er nicht gewagt, sie wieder zu küssen, trotzdem ihn nichts davon abzuhalten schien. So war das wunderbare Verfahren der kleinen Hexe wohl verstanden worden. Sie mußte einen starken Willen haben, daß sie wagen durfte, das ihr Erwünschte durch dessen Gegensatz zu offenbaren. Vielleicht wußte sie aus Erfahrung, daß ihr Wille siegreich durch alles hindurchleuchten konnte; doch schien ihr Benehmen fast unwillkürlich zu sein, als wäre es der Atem einer schön entwickelten, eigenartigen Natur.

Valentins Hoffen und Verlangen aber kam neben diesem kräftig begabten Geschöpf wenig zur Geltung. Er führte neben ihr seit jenem Abend ein vollkommen lautloses Leben, litt und träumte unermüdlich, aber wagte nicht wieder, mit einer Äußerung seiner Gefühle hervorzutreten. Das Glück, als es noch in weiten Fernen gestanden, hatte er sich als etwas Klares, Unleugbares vorgestellt; jetzt, als es ihm näher getreten war, erschien es ihm als großes Rätsel. Er hatte sein Lebtag noch keinen tiefgreifenden Schmerz erfahren, und nun wollte es ihn bedünken, als fühle er Glück und Leid, die beiden weit getrennten Mächte, eng vereinigt in seinem Herzen leben.

Von Karl Frey, dem Gesellen, erfuhr er, daß die jungen Leute im Städtchen auf ihn mißgünstig blickten, und daß er der Beneidete war. Karl Frey teilte ihm dies einigermaßen spöttisch mit, klopfte ihm auf die Schulter und lachte.

»Was willst du?« fragte Valentin unwillig.

Sie kamen, wie schon öfters, wegen der schönen Lulu aneinander.

»Habe ich es dir nicht gesagt«, erwiderte Frey, »daß auf das Frauenzimmer kein Verlaß ist. – Ich mache mir nichts aus ihr und laß dir deinen Ruhm. – Ärger und Not hat man von ihr und weiter nichts. Laß sie laufen, rat' ich. Hübsche Mädels gibt es genug in der Stadt.

Weil du ein dummer Kerl bist, hat sie es mit dir vor und läßt dich, wenn sie etwas Besonderes findet.«

Solche Ermahnungen des guten, praktischen Gesellen stimmten Valentins Lebenshoffnungen tief herab, verhinderten ihn aber nicht, einen Tag wie den anderen hinüber zur Frau Ambrosius zu gehen, wo ihn Lulus lebendige Art, ihn zu bewillkommnen, alles vergessen ließ.

Noch einen Freund hatte Valentin im Städtchen gefunden, der mit Staunen und Freude im Theater einst den schönen Gesellen inmitten der gleichgültigen, alltäglichen Leute hatte sitzen sehen. Dieser Freund war ein alter Maler, dem es recht wohl ging, denn die Auffassung seiner Heiligenbilder, er hatte sich ganz diesem Fache gewidmet, sagte den Leuten zu, und er hatte sein Lebtag Bestellungen gehabt. Er war ein feinfühlender, guter Mensch, und trotzdem er die Kunst, da die Verhältnisse es so geboten hatten, etwas schablonenmäßig betrieb, war er dennoch fähig geblieben, die göttliche Abstammung seiner Begabung zu ahnen. Der Anblick der in wunderbar schönen Verhältnissen gewachsenen Gestalt des fremden Gesellen hatte den alten Künstler erregt. Er nahm sich vor, den vor allen anderen so ausgezeichneten jungen Mann kennenzulernen. Nach einer Vorstellung machte es sich, daß Valentin und er die Treppe miteinander hinabgingen, und der Maler redete unseren Helden fast zaghaft an, fragte, woher er komme, was er hier treibe, und ließ sich in ein längeres Gespräch mit ihm ein, dem Valentin nur widerwillig folgte, denn er versäumte dadurch, Lulu den Weg vom Theater nach Hause zu begleiten. Der Alte aber war so überaus freundlich, und Valentin spürte das Wohlwollen, das ihm entgegengebracht wurde, daß er sich damit aussöhnte, von dem Ziele, auf das alle Tagesstunden zuzugehen schienen, abgehalten zu werden.

Der Maler bat, daß Valentin ihn besuchen möchte, und diese Bitte brachte er so eigentümlich vor, als wäre sie ihm wirklich Herzenssache, daß sich unser Freund, dem Ähnliches noch nicht geschehen war, mit seinem Versprechen, die Bitte zu erfüllen, auch für gebunden hielt, trotzdem er sich sagte, daß er um eine Stunde in Lulus Nähe betrogen werden würde.

An dem Sonntage darauf hatte er sich zu dem alten Maler aufgemacht und es nicht bereut, dort gewesen zu sein.

Er, der in einem hübsch gebauten, weinumrankten Häuschen lebte, war augenscheinlich erfreut den Gast bei sich zu sehen. Er führte ihn in sein Atelier, das zugleich Wohnraum zu sein schien, zu ebener Erde lag, und dessen Fenster in ein schön gepflegtes Blumengärtchen hinausging. Da es Sonntag war, hatte er seine Gerätschaften fein ordentlich beiseite gerückt. Die Leinwand stand umgekehrt auf der Staffelei, und an der Wand hingen, sauber abgerieben, die Paletten. Es machte den Eindruck, als hätte ein ordnungsliebender Handwerker, um den Feiertag zu heiligen, sein vielbenutztes Arbeitszeug sich aus den Augen gestellt. Die behäbige Haushälterin des Malers brachte Gläser und eine Flasche Wein herein, und Valentin wurde es, ohne daß er recht wußte weshalb, behaglich zumute. Und dieses Gefühl hatte einen schönen Grund, für ihn war ein Augenblick hereingebrochen, der seiner Erscheinung auf Erden die volle Weihe gab. Zum ersten Male wurde er ohne Rückhalt als das anerkannt, was er war, und zum ersten Male war es ihm vergönnt, mit seiner Begabung zu beglücken. Diese Stunde glich jener in seiner frühesten Jugend an Bedeutung, in der er sich an dem kleinen Waldsee mit der freien Natur schön und widerstandslos vereinigt gefühlt hatte. Von dem alten Maler war er wie ein Segen, wie eine Offenbarung aufgenommen worden. Der kümmerte sich wenig darum, ob diese Schönheit auch den Rechten durchdrungen hatte, ob es vorteilhaft für den jungen Menschen sei, so ausgezeichnet worden zu sein oder nicht. Er war ganz glückselig, daß so schöne Menschen noch auf Erden lebten. Er schenkte sich und seinem lieben Gaste in herzlicher Freude eifrig ein, so daß beide ganz redselig wurden. Er begann wie ein Neuling, der seinem Herzen noch Luft machen muß, von den Sorgen und Kämpfen, welche die Kunst mit sich bringt, zu sprechen. Bei dem Anblick Valentins überkam ihn jedes Mal ein Schmerz, daß er in seinen Schöpfungen von dem Erhabenen sich so weit entfernt hatte. Er stand auf, kehrte das Bild auf der Staffelei um und sagte: »Seht, was für ein Lump das ist!« Valentin blickte in das hübsche, sanfte Engelsantlitz eines frommäugigen Johannes, der in einem rötlichen Gewande auf seinem Goldgrund einen gar freundlichen Eindruck machte.

Valentin war dieses Bild gerade recht. Es schien ihm der Inbegriff eines schönen Gemäldes zu sein, und er stand andachtsvoll davor.

Dem guten Maler aber verwirrten sich in seiner Weinlaune und Freude die Begriffe um ein Geringes. Ihm schien es nicht mehr recht klar, daß Valentin nicht seiner eigenen Schönheit Schöpfer war; denn als unser guter Kerl den frischen, hübschen Johannes noch recht bewundern wollte, sprang der Alte behende an die Staffelei und drehte mit einem kühnen Griff Valentin die Rückseite des Bildes wieder zu, sagte, indem er das tat, zu ihm, wie er es vielleicht einem großen Maler gegenüber getan haben würde: »Bemüht Euch nicht. Es ist in Wahrheit nichts wert!«

Valentin blickte ihn ganz erstaunt an. Da lachte das Männchen verlegen und rückte mit dem, was er zu sagen hatte. Zaghaft heraus: »Ihr könntet mich recht zu Dank verpflichten, wenn ich Euch malen dürfte«, begann er.

Mich?« fragte Valentin. »Ja!« sagte der Künstler und blickte ihn fast bittend an. »Wenn Ihr mir nur zwei Sonntage sitzen wolltet, da würde ich eine schöne Studie haben.« Valentin war durch dieses Verlangen etwas betreten. Er wußte nicht recht, wie er sich benehmen sollte, und zwei Sonntage, zwei dieser glückseligen Sonntage herzugeben, schien ihm ein starkes Verlangen.

»Nun, Ihr wollt nicht?« sagte der Alte mit einem innigen, gefaßten Ton, daß es Valentin zu Herzen ging und er erwiderte: »Oh ja, es würde gehen.«

»Mir wäre es eine rechte Freude, wenn Ihr es möglich machtet, und Ihr sollt sehen, der Schaden ist nicht groß, einem alten Manne etwas zu Gefallen zu tun.« Das sagte er liebenswürdig und bescheiden, daß es Valentin von einem so geschickten Meister fast wehmütig berührte.

»Ja«, wiederholte er noch einmal, »ich will kommen.«

Der Alte gab ihm die Hand und sagte: »Das freut mich!« mit einem Tone, daß Valentin sich mit einem Male wie der reiche Mann bedünkte, der sich den ersten besten zu Dank verpflichten kann. Er nahm nun in gehobener Stimmung von seinem neuen Freunde Abschied und verabredete die Zeit, die ihn am nächsten Sonntage wieder zu dem Maler bringen sollte. Noch eine Vormittagsstunde hatte

er übrig, die er benutzte, um zu Lulu zu laufen, die er wunderbarerweise allein fand, was Sonntag vormittag fast nie zu geschehen
pflegte. Er erzählte ihr von seinem Begegnis, erzählte auch, wie
liebenswürdig und gütig der Maler gewesen sei.

Lulu sah ihn lächelnd an und sagte: »Da kommst du auch einmal
an den Rechten. Das ist mir lieb! – So ein bißchen Bewunderung tut
gut, mein Schöner, nicht wahr?« Indem sie das sagte, blickte sie
gedankenvoll auf ihn hin.

»Lulu!« rief Valentin, faßte ihre beiden Hände und blickte das
Mädchen unendlich innig an. »Lulu, was könnte ich tun, damit ich
dir recht wäre?« sagte er außer sich.

»Valentin«, erwiderte sie, »wie lange wird es dauern, da sind wir
fort. Ich bin es wahrhaftig nicht wert, daß du dir solche Not um
mich machst. Weshalb hältst du es nicht wie ich und genießt das
Leben und was es bringt? Du bist so wenig klug.« Der gute Mensch
hatte sie, während sie sprach, fest angeblickt mit einem Ausdruck,
als schaute er seinem eigenen Elend in das Gesicht.

»Lulu«, flüsterte er hastig, »du meinst, daß du gehen wirst?«

»Nun, was sonst?« sie blickte leicht befangen nieder. »Wie du nur
fragen kannst.« »Da gibt es nichts«, fragte er heftig weiter, »was
dich halten könnte, und wenn ich alles täte, was in meinen Kräften
stände?«

»Laß das!« sagte sie. – »Was könntest du tun? Denke doch!«

»Ich habe es dir schon einmal gesagt, wir sind nicht arm«, fuhr er
erregt fort.

Sie lächelte, wahrscheinlich bei dem Gedanken an das Haus auf
dem Kannerückchen, und unterbrach ihn, als er eben noch weiter
fortfahren wollte. »Tu mir die Liebe, Valentin, und nimm dich zusammen. Wenn du wüßtest, wie unnötig es ist, was du sagst, würdest du hübsch davon schweigen und die kurze Zeit, die wir noch
miteinander haben, genießen.«

Da leuchtete es in seinem Gesichte wunderbar auf. »Du genießest
die Zeit also, wenn wir beisammen sind?« fragte er jubelnd.

»O du Dummer!« sagte Lulu und faßte seinen Kopf zärtlich zwischen beide Händchen und sagte ernsthaft: »Du sollst vernünftig sein, Valentin. Es war für dich kein Glück, daß wir uns sahen.«

Das sagte sie so leicht hin mit einem kleinen wehmütigen Anhauche, der ihr wie ein leichter Wind über die heitere Seele fuhr. »Komm heute gegen Abend wieder und sei hübsch artig.«

Da trat die Mutter ein, und Valentin machte sich tief gequält schnell davon. Er liebte Lulu mit der ganzen Kraft seiner Natur. Alles, was in ihm unentwickelt und unvollkommen lag, wandelte sich und wurde zur heißen, leidenschaftlichen Liebe. Er verbrachte den ganzen Tag in dumpfem Hinbrüten und wartete nur bis es endlich so weit war, daß er wieder hinüber konnte.

Der Instrumentenmacher war zur Zeit zufrieden mit dem Gesellen, weil dieser seine Arbeit gleichmäßig und ruhig vollbrachte. Wie schon erwähnt, mochte dies auch in bewegten Lebenszeiten stetige Hinarbeiten Valentins darin seinen Grund haben, daß er nie gewohnt gewesen war, mit ganzer Seele bei seinem Tagewerk zu sein.

Dennoch fiel dem Meister bei Tische das Benehmen seines Gesellen auf. Mit der Meisterin hatte er schon darüber gesprochen, und sie waren einig geworden, daß der Bursche einen Kummer haben müsse.

Als Valentin endlich Lulus Aufforderung, wiederzukommen, Folge leisten konnte, lebte er auf. Er fand das schöne Kind im Garten. Als sie ihm entgegenkam, durchleuchtete die Abendsonne ihr blondes Haar, und Lulu erschien ihm unbeschreiblich reizend. Sie gingen miteinander durch den sommerlichen Garten. Zwischen Ahorn und Linden trugen Obstbäume ihre reifende Last. Die Frühäpfel schimmerten schon rötlich in den Zweigen, und alles fühlte sich sicher und warm in der Sommersmitte.

Valentin schlenderte neben der sorglosen Lulu und machte sich keine Gedanken darüber, daß er den Mund noch kaum aufgetan hatte.

»Nun«, sagte Lulu, »heute habe ich nachgedacht, daß du ein recht Verschwiegener bist. Was habe ich dir nicht alles erzählt, und du spielst dich immer geheimnisvoll auf. Sage mir nur eins. Wie die geheißen hat, die dir früher gefiel.«

»Es war keine!«

»Nicht?« fragte sie. »Das wird nicht wahr sein.«

»Doch! Es war keine«, wiederholte er.

»Das glaube ich nicht«, meinte sie.

Valentin sagte nachdrücklich: »Eine, die schon lange nicht mehr lebte, als ich von ihr hörte. Die kann man nicht rechnen.«

»Sie lebte nicht mehr?« sagte Lulu. »Was meinst du?«

»Nein! Ich habe nur von ihr erzählen hören.«

»Das ist mir etwas Rechtes«, unterbrach sie ihn.

»Im Aussehn glich sie dir«, sagte Valentin ernsthaft.

»Mir? Wieso? Ich denke, du hast sie nicht gesehen?«

»Gesehen nicht, aber sie wird so gewesen sein. Solch Haar und solche Augen, wie du sie hast, hatte sie auch. Das weiß ich.« »So? – Wie hieß sie?« fragte Lulu. »Apollonia hieß sie«, sagte er.

Da dachte sie, er meinte vielleicht die Kalenderheilige, und war so gar besonders nicht mehr interessiert.

Valentin erzählte nun mit einem eigentümlichen Ernste, mit dem man eine bedeutungsvolle Erfahrung mitteilt, das, was er von der alten Machlett über die Apollonia gehört hatte. Er erzählte tief erregt, daß selbst Lulu das längst Vergangene der Geschichte während der Erzählung vergaß. Valentin war wieder von den wenigen Zügen, die des Mädchens heiligste Liebe und ihre innigste Hingebung geheimnisvoll andeuteten, im Allerinnersten bewegt. Wunderbar rührte ihn von neuem die einfache Geschichte, wie Apollonia vor ihrem Kommodchen kniete. Ein Schmerz durchzog ihn, als er bedachte, wie alles spurlos in das Vergessen hinein verschwinden muß – und er litt bei dieser Empfindung.

Im Erzählen waren sie fast unversehens auf den Platz gekommen, auf dem das Kreuz stand. Sie blieben beide stehen und blickten darauf hin. »Es ist eine schöne Sache, geliebt zu werden und jemanden gerne zu haben«, sagte Lulu, »und es gibt so viel Gutes, wenn auch ein wenig Kummer darunter ist. Aber man lebt nur ein einziges Mal, und daß sich manche das Leben so ganz verderben können, daran mag ich nicht denken. Mir gefällt es nicht, daß du die Apollonia liebst. Ich meine, man hätte das Leben bekommen, um klug damit umzugehen. Mit der Liebe ist es wie mit der Flamme, achtet man hübsch auf sie, so hat man ein schönes Licht; läßt man sie aber brennen und verzehren, so viel sie will, dann ist das Feuer im Hause. Daß die Liebe vergeht, sieht einer alle Tage. Wie ein Fest und ein Schauspiel vergeht, so vergeht sie auch. Daß die, die nicht füreinander passen, kein Einsehen haben, möchte ein besonnenes Geschöpf in Ärger bringen. Was hast du nur mit deiner Apollonia?« fuhr sie fast komisch auf. »Keine Vernunft hast du!« sie reckte sich und zauste ihn leicht am Haare. »Könnte man dumme Leute kurieren! So ein Traumhans, der ein paar Jahrhunderte zu spät sich in eine verliebt, die nach einem ganz anderen, als er ist, ausgeschaut hat, und die mir nicht gefällt, weil sie zu denen gehört, die durch ihre Unklugheit schuld daran sind, daß viele glauben, die Liebe sei unüberwindlich und trage das Leben oder den Tod in sich.«

»Du weißt nicht, was Liebe ist, Lulu!« sagte er betroffen.

»Warum nicht?« erwiderte sie. »Nur denke ich Liebe nie allein. Liebe und Leben, denke ich, das ist's. Verstehst du mich?« Valentin blickte die hübsche Freundin an, die so sicher und heiter dachte, und er fühlte herzbeklemmend, was alles zwischen ihnen läge. Er sah auf. Die Abendsonne schien über die Tannenwipfel, und der Platz in seiner ernsten Schönheit machte wieder auf ihn Eindruck. Das Kreuz stand düster und mahnend in seiner Größe vor den dunkeln Bäumen. Lulus leichtlebige Worte wollten ihm hierher wenig passen; aber weit entfernt war er davon, über die Kleine zu urteilen. Sie erschien ihm reizend und bewunderungswürdig, und er war ganz in ihr befangen.

»Lulu«, sagte er, »da wird jemand von mir gehen und gar nicht mehr an mich denken.« Seine Stimme klang dumpf, als er das aussprach.

»Nein, nein!« sagte sie begütigend. »Ich werde an dich denken.«

Valentin aber war es, als hörte und spräche er alles unklar und bedeutungslos. Sie übte durch ihre ausgesprochene Art, die Dinge leicht zu nehmen, nie außer Fassung zu kommen, auf ihn Einfluß. Er wagte in ihrer Nähe nicht, seiner Leidenschaft die Worte zu geben, nach denen sie verlangte, sondern milderte fast unbewußt alles, was ihm das Herz bedrängte. Jetzt hätte er gerne alle Gewalten, die in ihm tobten, freigegeben, sagte aber gelassen: »Schade – schade! Es müßte schön sein, wenn du mich liebtest!« »Was wolltest du mit mir nur anfangen, Valentin?« erwiderte sie darauf. »Glaubst du, ich hielte es auf dem Kannerückchen in deinem kleinen Hause aus? Und was würden deine Leute sagen, wenn du ihnen so ein Gesindelchen wie mich mitbrächtest?« Das sagte sie so liebenswürdig und freundlich, wie nur sie es tun konnte. »Komm nun!« bat sie und zog ihn halb dem kleinen Fußpfad wieder zu, blieb aber nach ein paar Schritten wieder stehen und begann abermals: »Von dem Platze hier wird mir der Abschied schwer werden; auf der ganzen Welt kenne ich nichts Lieberes. Mir ist es hier ganz heimatlich zumute geworden, wie sonst nirgends. Am Morgen, wenn du bei der Arbeit bist und es bei uns mit den vielen Frauenzimmern aus- und eingeht, da sitze ich hier auf der Bank.« Sie berührte mit dem Füßchen eine hölzerne Kiste, die ganz im Grünen versteckt stand, und sagte: »Die habe ich mir hergeschleppt, da lerne ich meine Rollen und gucke ins Grüne. Ich habe ein unruhiges Leben gehabt, da kannst du dir nicht denken, wie lieb mir der stille Platz ist; und bei uns geht es so drunter und drüber.«

Noch nie hatte Valentin sie mit solch einem herzlichen Tone reden hören. Er hatte es an ihr vermißt und war nun ganz bewegt davon.

»Die Mönche haben das Kreuz aufgebaut«, fuhr sie fort. »Es muß schön gewesen sein, wie noch vor den dunkeln Tannen der Herrgott da oben hing, schöner als in der Kirche, denke ich. Und die Eibe, das hohe Gras am Steine, darüber der Himmel. – Ich habe oft versucht, wenn ich hier allein saß, mir den Heiland da oben so lebensgroß zu denken, mit der Dornenkrone. Hier der Strahlenkranz hat ihm den Kopf umgeben; wo seine Füße standen, sieht man auch noch, und die Nägel, die durch die Hände gingen, sind fest geblieben.«

Valentin blickte auf und vergegenwärtigte es sich, und unverwandt starrte er zu dem Kreuze hinauf.

Da tauchte eine Erinnerung aus seiner Kindheit, leicht wie eine Welle in seinen Gedanken und Gefühlen auf, sie hob sich und zerfloß. In dem Stübchen der alten Machlett sah er das Bild des Gekreuzigten, das ihm trotz der Unvollkommenheit einen der ersten großen Eindrücke gebracht hatte. Schon tat er den Mund auf, um Lulu davon zu erzählen, da empfand er, als sollte er es lieber lassen; weshalb, war er sich selbst nicht recht klar bewußt.

Lulu unterbrach das Schweigen Valentins und verriet durch ihre Worte, daß auch sie sich noch mit der Vorstellung des Gekreuzigten beschäftigt hatte. Sie sagte: »Es ist vielleicht besser so, daß der Christus fort ist. Vielleicht war er so häßlich geschnitzt, wie wir sie oft haben; so mit häßlichen Armen, das Gesicht verzerrt; und er sollte doch schön sein wie sonst nichts auf der Welt.« Jetzt schaute sie Valentin an und sagte nachdenklich: »Wahrhaftig, wenn ich dich ansehe, du mußt es mir nicht übel nehmen«, sie sah lächelnd zu ihm auf, »da denke ich: Wie schade! Aussehen tust du, daß der liebe Herrgott, ohne sich zu schämen, so auf der Erde hätte umhergehen können, und dabei bist du ein armer Schelm, von dem kein Mensch ein Aufhebens macht. Kaum, daß du eine pfiffige Antwort geben kannst.«

»Da magst du recht haben«, sagte Valentin.

»Recht oder nicht recht«, fuhr sie fort, »aber es wäre dir besser, wenn du ein gleichgültiges Gesicht hättest, dann würdest du reputierlicher sein. Da könnten die Leute sagen, der paßt in seinen Rock und seinen Stand, da ist nichts Besseres zu wünschen; und sie würden dich gebrauchen, wozu sie dich für gut fänden.«

Valentin lächelte schmerzlich, erwiderte aber nichts.

Sie gingen jetzt wieder miteinander aus dem verborgenen Heiligtume.

Nichts hat größere Wirkung, als wenn unvermutet eine immer heitere Person einmal Ernst zeigt. Valentin war von der Art, mit der Lulu ihm von ihren einsamen Stunden gesprochen hatte, gerührt; und daß das Ergreifendste und Gewaltigste, was die Welt kennt, ihrem Herzen so nahe stand, erstaunte ihn, so daß er von dem Eindrucke ganz befangen war und kaum auf Lulus sonderbare Offenheit geachtet hatte.

Sie war heute noch im Theater beschäftigt, und Valentin begleitete sie. Am Ende der Vorstellung sollte das Publikum wieder durch eines jener reizenden Nachspiele, die der Direktor zu bieten imstande war, belohnt werden.

Am nächsten Sonntag ging Valentin seinem Versprechen gemäß schon früh am Morgen zu dem neuen Freunde, dem Maler, der sich freute, daß sein schöner Gast Wort gehalten. Wieder hatte Valentin den Eindruck von sonntäglichem Frieden, als er in das kleine, saubere Atelier trat; doch dieses Mal waren die Malergerätschaften nicht beiseite geschafft. Die Staffelei stand ins Licht gerückt, und Palette, Pinsel und Farben lagen in Ordnung bereit, um benutzt zu werden. Ein Flügel des Fensters stand offen, und aus dem Gärtchen strömte sommerlich der Duft von Reseda und Levkoien herein.

Der alte Maler zauderte nicht lange, ließ Valentin sich zurechtsetzen und machte sich an die Arbeit. Die ganze Situation, der Eifer des Malers, der durch Valentins Person erregt worden war, lenkten diesen auf eine kurze Zeit von allen quälenden Gedanken ab, und er gab sich beschaulicher Ruhe hin.

Der Maler schien an seinem Werke wirklich Freude zu empfinden. Es mußte ihm auch gut gelingen, denn um seinen Mund spielte ein befriedigtes Lächeln. Nachdem er eine Zeitlang mit großer Aufmerksamkeit schweigend gearbeitet hatte, begann er, ohne aufzublicken, mit eigentümlich gedämpfter Stimme ein Gespräch mit dem Gaste anzuknüpfen, und dieses brauchte sich nicht lange zu wenden und zu drehen, so hatte Valentin Lulus Namen ausgesprochen, und nun währte es wieder nicht lange, so war der Alte unterrichtet, wie es um seinen jungen Freund stand.

Nachdem in dem friedlichen Atelier ein paar Stündchen vergangen waren, brachte die Haushälterin des Malers einiges zur Stärkung herein und deckte auf einem Tisch auf.

Nun setzten sich die beiden und tafelten; der Alte, ganz erregt von seiner Arbeit, stand während des Essens vom Tisch auf, ging im Raume auf und nieder, blieb öfters vor seinem angefangenen Werke stehen und konnte nicht recht zur Ruhe kommen. Dann schaute er wieder Valentin an, nachdem er auf seinen Platz zurückgekehrt, und sagt«: »Wenn Ihr nur Zeit hättet, Bärlein, da wollten wir etwas Schönes miteinander fertig bringen. Aber nun weiter, daß man zum wenigsten keine Zeit verliert.« – Er richtete Valentins Kopf, wie er ihm günstig stand, und machte sich an die Arbeit; aber vollkommen schweigsam. Doch schien es, als wäre er nicht recht bei der Sache. Er hielt die Pinsel öfters wie gedankenlos in der Hand, blickte auf Valentin, fuhr sich mit den Fingern auf eine merkwürdige erregte Weise in das Haar, blickte wieder auf seinen Gast, schüttelte den Kopf und machte zu den Gedanken, die ihn offenbar bewegten, auffällige Gesten, wie sie einem lebhaft denkenden Menschen leicht zur Angewöhnung werden können. Plötzlich trat er vor den jungen Freund: »Ist das ein Kopf!« rief er, nahm sich nicht die Zeit, Palette und Pinsel beiseite zu legen, sondern fuhr Valentin mit den Händen, so gut es ging, in das volle Haar, rückte ihm den Kopf ins Licht, und in seinen Zügen sprach sich die tiefste Bewunderung aus.

Und ehe sich Valentin besinnen konnte, hatte der Alte ihn wieder losgelassen, hatte sich die Hände frei gemacht, sich zu einer Truhe niedergekniet, gekramt und kam mit einer Dornenkrone hastig auf Valentin zu, setzte ihm die Krone aufs Haupt, trat zurück und sagte: »Bei Gott – und wie es sich die anderen auch denken mögen – das, so ist es das Rechte. Bleibt, bleibt!« rief er Valentin zu, der in Verwirrung sich erheben wollte. Unverwandt blickte der Maler auf ihn. »Ich werde dich so – so als Christus malen – so wie ich ihn mir denke, anders wie alle anderen, ganz anders. Hörst du, ich werde dich malen. Ganz unumstößlich, ich werde es tun!« rief er erregt; dann nahm er Valentin die Krone wieder ab, legte sie auf den Tisch und malte weiter.

Valentin starrte den Alten wie versteinert an.

Dem Maler entging die Bewegung, die sich in Valentins Zügen ausprägte, nicht, und es machte ihm einen wohltuenden Eindruck, daß er es mit einem jungen, gläubigen Menschen zu tun habe, der durch den Gedanken, dem Heiland zu gleichen, tief ergriffen sei. Mit Eifer machte er sich wieder an seine Arbeit, während Valentin, der anscheinend ruhig seine Stellung wieder eingenommen hatte, von Unruhe erfüllt war.

»Nun?« fragte der Maler beiläufig. »Wie ich höre, verlassen die Schauspieler uns in nächster Zeit? Ihr wißt durch die hübsche Lulu jedenfalls Bestimmtes darüber?«

»Ja, Herr Meister – sie gehen«, erwiderte Valentin, und da er vor dieser Frage schon in größte Aufregung gekommen war, sagte er es mit eigentümlicher Stimme, als müßte er ihre Kraft mit Gewalt zurückhalten. »Für mich hat dann die schönste Zeit vom Leben ein Ende.«

»Wieso?« fragte der Maler, der im Eifer über seine Arbeit schon wieder vergessen hatte, daß er, was zwischen Valentin und Lulu vorgegangen, erraten.

Valentin blickte ihn schmerzlich an und sagte mit einem unbeschreiblichen Ausdruck: »Nun, für mich gibt es dann eine Trennung.«

»Nun, nun!« erwiderte der Alte begütigend. »In ein Theaterprinzeßchen hat sich schon mancher Bursche verliebt. Ihr seid noch jung und meint, das ganze Leben liefe auf die Liebe hinaus, und mit dem Glück und Elend, was sie bringt, damit sei das Lebensrätsel gelöst. Da weiß es so ein alter Mann, wie ich, besser.« Der Maler nickte kaum merklich gedankenvoll mit dem Kopfe, verwandte aber, während er sprach, keinen Blick von der Arbeit. »Wenn die Jahre«, fuhr er fort, »uns immer weiter von der Jugend abbringen, da lassen wir die Liebe wie ein schönes Gärtchen, das uns einst die Welt dünkte, weil wir nicht über den Zaun sehen konnten, hinter uns. Und wenn wir auf der weiten Strecke, die wir durchwandern müssen, Umschau halten, da sehen wir den hübschen Blütengarten ganz entfernt und von uns längst verlassen liegen und darum her die große, weite Ebene, so daß wir erstaunen, wie klein doch das schöne Fleckchen ist.«

Valentin blickte, während der Meister sprach, auf die Dornenkrone, welche vor ihm auf dem Tische lag. Die Worte des Alten erschienen ihm armselig, und innerlich empörten sie ihn. Was ihm als das Furchtbarste erschien, daß die gewaltigste, lebenerschütterndste Leidenschaft zwecklos, ohne Glück oder Tod gebracht zu haben, wieder verrinnen könne, bestätigte er; und diese Bestätigung rief Valentins Stolz wach, der der jugendlichen Natur zu ihrem Rechte zu verhelfen bestrebt war. Im Innersten fühlte er, daß nur dann etwas Versöhnendes in seiner hoffnungslosen Liebe liegen könne, wenn er zu tun fände, was ihr an Kraft gleich stände. Da sah er nichts als den Tod, – das Ende.

Als Valentin später ins Freie trat und die ehrbaren, sonntäglich geputzten Leute an ihm vorübergingen, schien es ihm, als führten sie ein friedfertig ruhiges Leben, als wäre ihre Zeit vom Alltäglichsten so fest ausgefüllt, daß für Absonderliches, Außergewöhnliches durchaus kein Platz bei ihnen zu finden sein würde. And wie er zu Lulu die Straßen mit hastigen Schritten entlang ging, dachte er: Wenn die Leute mir so durch und durch schauen könnten, da würden sie auf dem Fußsteig mir wohl gut ausweichen.

In der Nacht, die auf diesen Sonntagabend folgte, stand Valentin ruhelos an seinem Kammerfenster und sah in den Mondschein hinaus, der alles mit seinem schimmernden Lichte übergossen hatte. Der schön geschmückte Hof erschien ihm einsam und verlassen und machte einen wehmütigen Eindruck. – Das empfand er so zwischendurch in seiner Sehnsucht. – Trotzdem er Lulu kaum vor ein paar Stunden gesehen, war die Qual, die jede Trennung von ihr mit sich brachte, wieder bei ihm eingezogen. Daß zwischen ihm und ihr so vieles Mauerwerk, der Garten und der Mondschein lagen, schien ihm unerträglich, als er es sich vergegenwärtigte, und der Wunsch erfaßte ihn, ihr näher zu sein. Da öffnete er das Fenster, schwang sich hinaus und schlich vorsichtig im Schatten hin durch die angelehnte Pforte, die nach dem Garten führte. Dort strich er den Weg entlang mit klopfendem Herzen. – Alles schien tief still, und der Mond schimmerte lockend durch die Zweige. Da konnte er nicht widerstehen, schwang sich über den Zaun und stand nun tief bewegt auf dem geliebten Boden. Jetzt war er ihr nahe, das empfand er, und ein süßer Friede, wie die Erfüllung eines Wunsches ihn mit sich bringt, berührte ihn.

Über die tauigen Grasplätze, die feuchten Wege ging er um die geheimnisvolle Stunde dem Hause zu. Es war alles dunkel. Die ersten Fensterreihen glänzten silbern, im vollen Mondlicht, das auf ihnen lag. Vor den verhangenen Scheiben, hinter denen Lulu schlief, lehnten zwei Kränze, die im Nachttau sich erfrischen sollten. Valentin hatte, als er Lulu vom Theater nach Hause brachte, diese Kränze, die ihr Liebreiz ihr eingebracht hatte, getragen. Jetzt sah er darauf hin als auf das einzige, was ihm von ihr kündete.

Fast stieg etwas wie Unmut in ihm auf, als er bedachte, wie friedlich die Kleine jetzt schlummerte, während er, gequält von dem

Glücke, ihr nahe zu sein, und von der Todesangst, sie zu verlieren, in der Nacht umherstreifte. Während dies Gefühl in ihm aufstieg, konnte er für einen Augenblick die Wandlung seines Wesens, die in letzter Zeit mit ihm vorgegangen war, überblicken, und er entsetzte sich davor. In keiner Faser gehörte er mehr sich selbst, hilflos mußte er über sich ergehen lassen, was die Mächte über ihn beschlossen. Und bis jetzt hatte er ein sehr ruhiges Leben geführt, in dem er sich selbst als sein eigenes, unbestrittenes Eigentum anzusehen gewohnt war.

Unwillkürlich gedachte er in diesem Augenblicke der Tage in Nürnberg, in denen sein Hang, in Vergangenes sich zu versetzen, ihn zu fast ähnlichen, wenn auch unendlich schwächeren Empfindungen, wie sie ihn jetzt aufrieben, getrieben hatte. Dort in Nürnberg, so schien es ihm, hatten die Gefühle, denen er sich hingab, zum ersten Male ihn überwältigt, so daß er sich ihnen widerstandslos überlassen mußte. Zum ersten Male hatte damals eine Leidenschaft an ihm gezehrt. Er hatte in der alten, schicksalsreichen Stadt seiner Anlage nach so empfinden müssen, wie er empfunden. Dieses war durch die äußeren Umstände von seiner Natur verlangt worden, und zwar rückhaltlos. Jede Schwäche, jede Unvollkommenheit hatte herhalten müssen.

So ging es ihm auch jetzt wieder, nur unsagbar mächtiger gebot das Leben, sich ganz hinnehmen zu lassen. Und während in seinem Kopfe solche Erkenntnis aufleuchtete, empfand er seinen Zustand mit Angst und fast mit Empörung seine Hilflosigkeit, die enge, unentfliehbare Verkettung seiner Person mit einer überschwenglichen Leidenschaft.

Nur einen Augenblick aber sah er die Fesseln und das Gewaltsame, in das er sich begeben hatte, mit Schrecken; gleich darauf überkam ihn wieder Blindheit, die das eben Geschaute einem Traum gleich vergessen machte. Und wie im Taumel starrte und träumte er weiter, sog in Gedanken an Lulus Nähe Leben ein, um sich weiter peinigen und beglücken zu lassen.

Sachte schlich er an ihr Fenster, brach von einem der Kränze ein paar Blüten und drückte seine glühenden Lippen auf die frischen Blätter. Darauf ging der arme Gefangene gesenkten Hauptes wieder durch das feuchte Gras den Garten entlang und schlug den schmalen Pfad ein, der durch das tauige Gebüsch nach jenem ernsten Platz führte.

Da stand er und sah den Mondschein auf den Tannen und dem Kreuze liegen. Hier war tiefste, abgeschiedenste Ruhe. Valentin warf sich vor der hölzernen Kiste, die Lulu ihr Lieblingsplätzchen genannt hatte, nieder und preßte die Stirne darauf. Er schloß die Augen, um sich die Stimme der Kleinen und jedes Wort, das sie hier gesprochen, zu vergegenwärtigen. – Wie herzlich und rührend klang es ihm hier noch nach!

Es war das erstemal gewesen, daß Lulu ihm eine ernste Neigung ihres Herzens verraten hatte. Das erstaunte und beglückte ihn jetzt wieder von neuem.

»Sie hat ein gutes Gemüt«, flüsterte er leise vor sich hin und strich mit der Hand schmeichelnd über den Grasboden, den ihre Füßchen betreten hatten. Jetzt öffnete er die Augen, hob den Kopf und blickte auf das mächtige, mondbestrahlte Kreuz, und ihm war, als sähe er mit Lulus Augen, so sehr vergegenwärtigte er sich, daß sie oft und lange daraufgeblickt habe. Unverwandt starrte er hin, das Kreuz schien nach der heiligen Last zu verlangen. Tief durchschauerte ihn dieser Gedanke und kaum begriff er, wie Lulus leichtlebiges Seelchen solch eine große Vorstellung in sich tragen konnte. Er war von der Idee, die Gestalt des Heilands jetzt, hier am Kreuze zu sehn, auf das tiefste erschüttert und beklommen.

Sie hatte ruhig und einfach den Gedanken ausgesprochen, und wunderbarerweise fuhr es Valentin durch den Kopf, daß dies der einzige Wunsch gewesen war, den er je von Lulus Lippen gehört, wie es auch das einzige Mal war, daß sie aus dem Herzen heraus ihm gegenüber gesprochen hatte. Nicht um einen Schritt war er, von ihrer ersten Begegnung an, ihr nähergekommen. Die Form, die sie für ihre Gefühle gewählt, hätte ebensogut einen Reichtum von Liebe umschließen können, wie sie auch ein leichtsinniges Herz verborgen halten konnte.

Da überkam ihn eine wilde Traurigkeit, daß sie ihm so fremd geblieben, und mit einem Male wußte er klar, daß sie von ihm gehen würde, daß nichts sie bei ihm zurückhielte. – Nichts! Diese Gefühle überströmten ihn zum Ersticken. Er sprang auf, stöhnte tief, stand dem Kreuze gegenüber, breitete die Arme gequält aus und blieb so, wie in Gedanken versunken, in der leidensvollen Stellung des Erlösers stehen.

Als er das gewahrte, fuhr ihm ein Schauer, eine seltsame Vorstellung durch die Glieder. Ohne wagen zu können, sich zu rühren, verharrte er so. Heftig fing sein Herz zu schlagen an, und er starrte wie gebannt auf das mächtige, ihm düster drohende Kreuz. Da ließ er endlich seine Arme niedersinken, konnte sich aber zu keiner anderen Bewegung entschließen. Als hätte der Blitz ihn getroffen, stand er, von einem Gedanken berührt, der plötzlich fast unvermittelt über ihn hergefallen war, und unter dessen Gewalt er körperlich erzitterte. – Es dauerte eine Weile, ehe er sich einigermaßen fassen konnte. Angestrengt suchte er nach etwas, das ihn vor dem Überfall seiner schrankenlosen Phantasie sichern konnte, aber währenddessen war er nicht imstande, von dem Kreuze einen Blick zu wenden; gewaltig zog es ihn an.

Da sah er mit einem Male, als erwachte in seinem Hirn etwas längst Vergessenes, den heimlichen Waldsee vor sich, in dem seine Gestalt mit Wolken und hellgrünenden Buchen sich schön vereinigt spiegelte; und er erschrak. Denn mit einem einzigen Überblick stand ihm das vergangene Streben, seiner Person höheren Wert zu verleihen, vor der Seele. Von da an, als er durch die eigene Schönheit beglückt, mit dem wunderbaren Musikanten zusammentraf, bei dessen Künstlertum, im Anhören der guten Leistungen die Sehnsucht nach einer geistigen Gabe und Würde sich in Valentin geregt, bis zu dem kläglichen Ende, das sein nutzloses, armseliges Streben genommen hatte, durchlebte er alles wieder. Aber diese Bilder waren nicht imstande, den einen plötzlich über ihn hereingebrochenen Gedanken zu verscheuchen. Sie tauchten in ihm unter, und nur der Schmerz blieb Valentin davon zurück, daß er nichts erreichen konnte, was ihm den hohen Wert verliehen hatte, den er einst innig für sich ersehnte, und daß er nie und nimmer das nach Reichtum und Glanz strebende Geschöpf an sich zu fesseln vermöge, mit all seiner übermächtigen Liebe nicht. –

Wie er sich endlich mit Gewalt von dem Platze losriß, schien etwas Besänftigendes über ihn gekommen zu sein. So trieb er sich lange im Garten umher, oft an den Fenstern der schlafenden Lulu vorüber, zu denen er in tiefster Versunkenheit aufzublicken vergaß.

Abgemattet und innerlich gequält, ging er endlich, als der Morgen schon dämmerte, den Weg zu seiner Kammer zurück. Schlaf fand er nicht, und wie es an demselben Morgen in der Werkstatt um ihn stand, läßt sich denken. – Die nächsten Tage, welche auf die erregte Nacht folgten, waren wunderlichster Art.

Als er Lulu wiedersah, hatte er das Gefühl, als müßte er vor ihr etwas verbergen, und ihm war es, als könnte sie ihm die Qual der vergangenen Nacht von der Stirne lesen. Lulu erschien heiter, sorglos und mutwillig wie immer.

Valentin, dem das ganze Bewußtsein seiner Leidenschaft zuteil geworden, blickte, dadurch belastet und gefesselt, schwerleidend zu dem freien Geschöpfe auf, und da über Nacht eine Wandlung mit seinen Gefühlen vorgegangen war, erschien ihm Lulu fremd und ihm unendlich fernstehend, so daß er sie gleichsam zum ersten Male wiederzusehen glaubte und den vollen, wieder neuen Eindruck ihres Liebreizes hatte; und zwar empfand er ihn auf eine ungewohnte, erhöhte Weise tief poetisch, denn Poesie ist ein Beiseiteschieben des gewohnheitsmäßigen Schauens, durch welches man mit Bewußtsein und Kraft eine uns vertraute Erscheinung zum ersten Male voll genießt. Menschen, deren innerstes Wesen nach Schönheit strebt, geschieht es, daß die Leidenschaft, wenn sie in das Übermäßige wächst, von Poesie verklärt, doch nicht gesänftigt wird. Die aber gerade sind es, die zu nicht zu sühnenden Verbrechen gegen Sitte und Gesetz und zu tiefsten Leiden getrieben werden.

Die beiden saßen, ganz verschiedenartig empfindend, beieinander. Lulu sprach scheinbar absichtlich oft von ihrem baldigen Abschied aus dem Städtchen, und Valentin hörte ihr jedesmal ohne Erwiderung zu: ihn erstarrte dieser Gedanke. Und da er so große Ruhe, die nicht ahnen ließ, was sie verbarg, bei Lulus Andeutungen an den Tag legte, war dies der kleinen Person nicht recht, weil sie hinter Valentins Benehmen ihrem Ermessen nach vermutete, daß er sich in das Unvermeidliche finde. Sie ließ daher nicht nach, das Feuer höher anzufachen, nicht mit der Absicht, ihn zu schädigen, sondern nur von Unruhe, Neugier und Eitelkeit getrieben, zu erfahren, wie es wohl um ihn stehen möge. Feierabends kam er nach wie vor in die Bügelstube, oder holte Lulu aus dem Theater ab. An dem

Sonnabend, am Ende der für Valentin schwer ertragenen Woche, saß er schweigend und bedrückt auf seinem gewohnten Platze. Die alte Ambrosius bügelte noch im vollsten Eifer, ließ bei Gelegenheit, um ihren Stahl zu prüfen, den angefeuchteten Finger das heiße Eisen berühren, daß es kurz aufzischte, und strich dann unaufhaltsam weiter.

Lulu war aufgestanden und an das Fenster getreten, blickte gedankenlos in das Dunkel und sang vor sich hin. – Valentin sah unverwandt schmerzlich auf sie, mit dem Gefühle, als ströme jedes Glück und jedes Elend von ihr aus. Er schloß die Augen, da empfand er, wie in seine Stirn, in den innersten Nerv, Lulus süßes Bild gedrungen war. An die Möglichkeit, sie halten zu können, glaubte er nicht mehr, bei ihrem Anblick lag nur die Voraussicht, von ihr getrennt zu werden, lähmend auf ihm, verstärkte aber den Eindruck ihrer Reize und den heißen Wunsch um ein Beträchtliches, etwas zu tun, das der Kraft seiner Liebe gleichkäme. – Etwas mußte geschehen; unmöglich konnte die Liebe, die ihm als Zweck und Ziel seines Daseins erschien, als Erfüllung jeder Hoffnung, wieder verschwinden, ohne etwas Bedeutungsvolles ausgerichtet zu haben. Daß dieses dennoch geschehen könnte, schien ihm unerträglich zu fassen, und das Grauen, welches ihn bei dieser Möglichkeit überschlich, war tief erregend. Solch eine Lebensgewalt sich ziellos zu denken, zu denken, daß sie nur da sei, um zu erwachen, wie ein Sturm zu wüten und wieder in der Alltäglichkeit zu vergehen, das konnte und durfte nicht sein. Von ihr den Untergang erwarten, war Befriedigung gegen dies zwecklose Austoben mächtiger Kräfte.

Verzweifelte Gedanken bewegten den armen Burschen, der schweigsam und von beiden Frauen kaum beachtet, in dem Zimmer saß und tief empfand, daß er nie verstanden werden konnte. Solch ein Gefühl ist schicksalsvoll für einen Menschen, in dem etwas Ungewöhnliches sich gestalten will: dann erst ist er schrankenlos seinem Verlangen hingegeben, wenn er sich bewußt geworden ist, daß er durch das, was in ihm vorgeht, von seinen Mitmenschen abgesondert, daß ein Mitteilen für ihn unmöglich geworden ist.

Für Valentin begann von dieser Zeit an ein merkwürdiges Stück Leben. Mit Ruhe sah er in jenen Tagen den Abschied näher und näher rücken. Diese Ruhe hatte ihren Grund nicht in einer Verminderung der Leidenschaft für das Mädchen, auch nicht in einer fassungslosen Unterwerfung, sondern in einer gewissen Harmonie, die er zwischen dem Schicksal und seiner Kraft hergestellt hatte, in der Idee, etwas zu tun, das gleichsam den Grenzstein seiner Leidenschaft setzen konnte, sagen zu können: Das ist es, was ich aus Liebe tat. –

Zu dieser Zeit stand er dem Maler oftmals zu dessen Christusbilde und ging nie ohne Erregung und Spannung zu ihm hin. Mit Herzklopfen tat er bei ihm hin und wieder Fragen, an deren Beantwortung ihm lag. Ohne daß der Alte eine Ahnung davon hatte, bewegte sich in Valentin das Wunderlichste, was je in einem jungen, leidenschaftlichen Kopfe entstanden war.

Wenige Tage vor der Abreise der Schauspieler traf Valentin, als er in die schon dämmerige Bügelstube trat, Lulu, welche allein am Ofen saß.

Sie streckte ihm die Hand entgegen und sagte: »Nun geht es von hier; ich möchte, es wäre schon vorüber. Mir ist so ein Abbrechen, die Unruhe und alles das, was man fühlt, wenn man auf Nimmerwiedersehen von einem Orte geht, der einem gewohnt geworden ist, recht zuwider.« Valentin erwiderte nichts. Er hätte auf der Welt nicht gewußt, was da noch zu sagen wäre.

»Wollen wir miteinander in den Garten gehen?« fragte sie. »Ich war heute den ganzen Tag nicht draußen.«

»Ja«, sagte Valentin schwer bedrückt.

Sie gingen beide schweigend nebeneinander her. Lulu hing ihren Gedanken nach und bemerkte Valentins Schweigsamkeit nicht. Der aber war heute gekommen, um eine Bitte, die ihm nicht über die Lippen wollte, an sie zu wagen.

Endlich brach Lulu die Stille und sagte mit ihrer heitern, klaren Stimme: »Das ist zu trübselig, Valentin: wozu das Leben sich verbittern.«

Sie schaute sich um und hing sich fast schmeichelnd an seinen Arm. »Valentin, nicht wahr, du nimmst dir den Abschied nicht zu sehr zu Herzen? Mir sollte das sehr leid tun. Valentin, du bist gut?«

Da wußte er nicht zu hindern, daß ihm die Tränen in die Augen traten. Er blickte Lulu an, ohne zu antworten, und konnte sich zum Sprechen nicht entschließen. Er führte sie nach ihrem schönen Lieblingsplatz. Der war zu jeder Tageszeit ein ernster, weihevoller Aufenthalt, der in seiner großartigen Einfachheit immer eindrucksvoll blieb. »Mein lieber Platz!« sagte Lulu innig und ließ sich auf ihr hölzernes Kistchen nieder, das vor dem steinernen Sockel des mächtigen Kreuzes stand. »Wer mag die hierher gesetzt haben?« fragte sie.

»Ich!« sagte Valentin. »Das war ich.«

Lulu achtete kaum auf ihn; eine kleine, wehmutsvolle Abschiedsstimmung hatte sie überkommen, an der sie zaghaft naschte, wie ein verwöhntes Kind es an einer unbekannten, wenig vertrauenerweckenden Speise tut.

Valentin stand mit klopfendem Herzen und im Kampfe mit sich selbst, endlich sich den Mut zu reden abzuringen, vor ihr. Doch wollte es noch nicht zum Siege kommen.

»Wenn ich einmal reich bin«, sagte Lulu, »dann soll ein Meister hier für mein Kreuz mir einen Christus zustande bringen, so schön, wie sie noch keinen gesehen haben. Und dann komme ich wieder einmal hierher. Es ist doch ein Trost, wenn man nicht für immer Abschied nimmt.«

»Lulu!« rief Valentin und sank wie überwältigt vor ihr hin: »Ich liebe dich, wie dich nie ein Mensch wieder lieben wird.«

Da erwiderte sie nichts, suchte aber nach etwas, um sich und ihn schnell vergessen zu machen, was er gesagt hatte. Doch wußte sie kaum, was sie sprach und flüsterte: »Du, weißt du noch, wie du mir die Geschichte von der Apollonia erzähltest? Die gefiel mir nicht. Mich ängstigt es, daß es welche gibt, denen die Liebe zum Elend und Unglück wird. Valentin sei klug: die Liebe ist es wahrhaftig nicht wert, daß man sich ihretwegen zugrunde richtet. Nimm dich zusammen! Wenn du es willst, schreibe ich dir einmal, und vielleicht sehen wir uns auch wieder. – Wer weiß das?«

So suchte die kleine, etwas pedantische Hexe den armen, gequälten Burschen auf ihre Weise zu trösten. Daß ihr eigenes Glück bei diesem Handel die Hauptsache bildete, daran, wie begreiflich, zweifelte sie keinen Augenblick. – Sie stand auf und hing sich wieder an Valentins Arm, als wäre nichts geschehen.

»Lulu«, sagte Valentin, »ich werde dich nicht wieder quälen, verzeihe mir. Ich weiß nun zur Genüge, wie es um mich und dich sieht, und wenn du gehst, sollst du eine Klage von mir nicht hören. Das glaube mir.« – Hier stockte er und blickte zu Boden. »Aber ich denke, du weißt, wie sehr ich dich liebe, – und wenn ich dich um etwas bitte« – er stockte wieder, das Herz klopfte ihm zum Zerspringen, »dann wirst du es nicht abschlagen. Komme heute noch einmal hierher, ein einziges Mal tue es!«

»Weshalb?« fragte Lulu ruhig.

»Weil ich möchte«, erwiderte er erregt, »daß du einmal etwas tätest, was du meinetwegen tust. Nur auf einen Augenblick komme«, bat er innigst.

»Du bist ein närrischer Mensch. Was hast du davon, wenn ich komme? Sehen wir uns nicht täglich, und kommst du nicht, sooft du nur willst?« Das sagte die Kleine ernsthaft.

»Ja«, erwiderte Valentin; »aber ich bitte dich doch.«

Er war, während er sprach, auffällig bleich geworden. »Sage mir«, fragte er heftig, »ob du willst oder ob du nicht willst? Aber quäle mich nicht.«

Lulu sah ihn an, und etwas wie Mitleid um den Toren, der seiner Gefühle so wenig Herr war, wie es ihr schien, überschlich sie. Zu keinem Menschen außer zu ihrer Mutter hatte sie je solches Vertrauen empfunden wie zu dem guten, schönen Freunde, und sie sagte: »Ja, wenn du nicht anders willst, dann komme ich; aber wann?«

»Heut nacht. Um elf Uhr«, sagte er. »Mit dem ersten Schlage, wenn es an der ersten Uhr schlägt, dann mußt du hier gerade auf dem kleinen Weg sein und dann kommst du.«

Lulu blickte nachdenklich vor sich hin. »Etwas unbequem ist das«, sagte sie lächelnd, »da muß ich zu dem Fenster hinaus, denn durch das Haus komme ich so spät nicht mehr.«

»Wir stellen einen Stuhl davor«, sagte Valentin beruhigend.

»Ja, das glaub' ich«, lachte sie, »versucht hab' ich es schon öfters; aber es wird sehr dunkel sein.«

»Nein«, sagte er, »wir haben Mondschein. Gerade um elf Uhr, da ist es so hell, wie es nur sein kann.«

»Ich fürchte mich nicht«, erwiderte sie.

»Komme ja!« bat er mit einem Ausdruck, der ihr in die Seele dringen mußte. »Aber ich bitte dich, komme mit dem Schlage elf, sonst gar nicht. – Nein, dann komme sicher nicht.«

»So, – dann nicht, du Eigensinn? – Du sollst sehen, daß ich komme. Glaube nur, für mich ist die Heldentat, einmal nachts durch den Garten zu gehen, nicht so groß, wie du es dir vorstellst. Ich habe es schon manchmal getan. Wenn ich an meinem Fenster vor dem Schlafengehen stand, da hat es mich hinausgelockt.«

»Lulu, ich danke dir«, sagte er und gab ihr die Hand. »Hättest du nicht kommen wollen –«, er blickte wie träumend starr vor sich hin und sprach nicht aus. »Lebe wohl! Rufe, wenn du auf dem schmalen Weg gehst, ich höre dich dann.«

Sie versprach es, und Valentin nahm von ihr Abschied, wendete sich noch einmal um und flüsterte heftig: »Du kommst! Du kommst, Lulu!« »Ja, ich komme, du kannst mir glauben«, sagte sie fast treuherzig und fügte nach einem Weilchen hinzu: »Du warst nie anders als gut mit mir.«

Sie streckte ihm noch einmal die Hand entgegen, die er innig drückte, dann verließ er sie. Das aber ist das letztemal gewesen, daß sie im gewohnten, wenn auch von beiden sehr verschieden empfundenen Glücke beieinander gestanden haben. Die leichtlebige Kleine hatte in der Begegnung mit dem sanften, schönen Menschen eine Befriedigung gespürt, er war ihr sympathisch gewesen, nichts an ihm hatte ihr bewußt Mißfallen erregt; nicht das geringste. Zum eigentlichen Nachdenken über ihn und seine Beziehungen zu ihr war sie nicht gekommen; wie man eine zufällige Annehmlichkeit entgegennimmt, so ließ sie sich seine Güte und Bewunderung gefallen. Er aber hatte, seit er die schöne Lulu kannte, erfahren, daß die Liebe eine todbringende Macht sein könnte; daß, je nachdem die Würfel fallen, sie alles zu geben und alles zu nehmen imstande sei. Und ihm war, nachdem er das erkannt, als müsse man ihr wie ein unschuldig Angeklagter, der auf seinen Richterspruch harrt, entgegensehen. Er liebte mit der Kraft, die der Liebe ihren tiefsten Zauber, ihre unerbittlichste Gewalt, ihre Seligkeit und ihr schwerstes Leid verliehen hat.

Frau Ambrosius war längst in ihrer Bügelstube zur Ruhe gegangen. Das Licht war gelöscht, und sie schlief ihren gesunden, festen Schlaf. Da stand ihr leichtsinniges Töchterchen noch an dem offenen Fenster ihrer Kammer. Sie hatte die Türe, welche sie von der Mutter trennte, leise verriegelt und schaute in den hellen Mondschein, der über dem einsamen, schweigenden Garten lag, hinaus. Mit einem dünnen, dunkeln Tuch hatte sie Kopf und Schultern bedeckt, so daß nur das rosige Gesicht und ein paar muntere Locken hervorschauten. Unbeweglich lehnte sie am Fenster und lauschte. Es war eine warme, schöne Sommernacht, und sie genoß sie ganz behaglich; nur ein wenig Unruhe ließ ihr das Herz schneller schlagen. Sie blickte zum Himmel empor, da sah sie den Mond in blendender Klarheit seine freie Bahn Ziehen. Einsam und geheimnisvoll schwebte er in dem gewaltigen Raume, der das silberne, kalte Licht des mächtigen Gestirns in sich aufsog. Wie gebannt blickte Lulu in die schimmernde, alles durchrinnende Luft. – Nichts regte sich. – Ein Heimchen begann zu zirpen und erfüllte scheinbar mit seinen feinen, durchdringenden Tönen die ganze Weite.

Da schlug es durch die stille Nacht an der ersten Uhr und verkündete der Lauschenden, daß sie in der kommenden Viertelstunde ihr Versprechen zu lösen habe. – Da klopfte ihr das Herz, – und wieder schlug es an einer Uhr, – und noch an einer. Dann war alles still, wie vorher; – totenstill. Das Plätschern eines Brunnens, das sie noch nie vernommen zu haben glaubte, tauchte aus der schweigenden Nacht auf gleich einem Gedanken, der mit einem Male uns bewußt aus der Erinnerung aufzusteigen scheint.

Nun wartete sie noch eine Weile – jeder Augenblick schlich ihr langsam dahin – dann schlüpfte sie geschickt wie ein Kätzchen zum Fenster hinaus und schlich vorsichtig am Buschwerk entlang. Die ganz vom Licht überschimmerten Bäume warfen dunkele, festbegrenzte Schatten, und der Boden war von dem hellsten Mondschein, der neben sanftester Dunkelheit doppelt grell erschien, wunderbar belebt. Der vom Tau tropfende Grasrand streifte ihr das

Kleid, so daß sie es enge um sich zog. Sie erschrak, – es huschte etwas über den Weg. – Das mochte ein Mäuschen sein. – Was sonst? dachte Lulu, aber das Herz klopfte ihr mit einem Male, als sollte es zerspringen. Sie blieb stehen. – Die tiefe Einsamkeit bedrückte sie. Alles glänzte, schimmerte und leuchtete in unheimlichem Lichte. Ganz entfernt bellte ein Hund; – aber wie entfernt! Nur wenn sie achtsam lauschte, hörte sie es hin und wieder. – Und mit diesem ganz wesenlos, aus unbestimmter Weite drangen Geräusche bis zu ihr, unzusammenhängend, fremd. Ob sie wirklich etwas vernahm, oder ob der eigene Atem sie getäuscht, konnte sie in ihrer Verwirrung nicht unterscheiden.

Jetzt stand sie an dem kleinen Pfad und wartete auf den vollen Schlag der Uhr. Fest hüllte sie sich in ihr Tuch und hielt es mit einer Hand auf der Brust zusammen, da fühlte sie, wie sich das Herz in ihr ängstigte. Noch nie hatte sie auf das Wesen der Nacht so geachtet wie heute. Sie erschien ihr von allem Leben verlassen zu sein, und es graute ihr, als sie überlegte, wie tief vereinsamt und unbekannt diese Stunden ewig gewesen sind und sein werden, solange die Welt steht. Da schlug die Uhr. Lulu fuhr zusammen und bog zaghaft in den schmalen Weg ein. Jeden Schritt, den sie tat, hätte sie zurückhalten mögen, so sehr erschrak sie bei dem Geräusch, das sie verursachte. Ein Zweig, der ihr unter den Füßen brach, schien die grenzenlose Stille zu entweihen.

»Valentin!« rief sie. Nicht weil er sie bei dem Abschied gebeten hatte zu rufen, sondern weil es sie gewaltsam dazu drängte. Es war ihr, als hätte sie, ohne zu rufen, ersticken müssen. – Sie blieb stehen und horchte. – Keine Antwort. »Valentin!« rief sie noch einmal; – aber nichts regte sich. Da schöpfte sie tief Atem und schlich weiter. Jetzt taten die Büsche sich auseinander, das volle Mondlicht glänzte ihr entgegen, scheu blickte sie noch einmal neben sich in das Dunkel hinein, hob dann wieder die Augen; und – das Herz blieb ihr stehen, eisig durchrann es sie. Sie wollte aufschreien, aber die Kraft versagte ihr. Vor ihr, auf dem Kreuze erhöht, leuchtete übersinnlich im Mondschein das Bild des Gekreuzigten mit der Dornenkrone. Die Arme weit ausgebreitet, das Haupt zur Seite geneigt und den Blick zum Himmel gerichtet, gewaltig schön, wie je ein Mensch auf Erden den Gekreuzigten im Geiste hätte schauen können.

Unglaublich war, was sie sah, zu unerhört, um es zu fassen, doch durch die Schönheit, die das Bild ausstrahlte, himmlisch gemildert. Wie gebannt blickte sie darauf hin. Das Erstarren schwand ihr aus den Gliedern, noch wogte jedes Gefühl in ihr, und sie zitterte, von der Gewalt des Schreckens fast verlassen. – Das übersinnliche der Erscheinung durchbebte sie, und etwas wie Anbetung, wie ein Vergehen in dem Augenblick durchdrang sie. Lulu preßte die Hände fest an die Brust und starrte auf das ihr einst bekannte und nun unendlich weit entrückte Haupt, das unnahbar, geisterhaft über sie hinwegschaute.

Und es war ihr, als läge auf den übermenschlich schönen Zügen, deren Schönheit sie bis dahin nicht entfernt geahnt hatte, solch tiefes Leiden, daß ihr davor graute. Ein leichter Windhauch fuhr über die dunklen Tannen, die hinter dem Kreuze, das seine geisterhafte Last trug, in die Höhe starrten. Und bei dem leichten Hauch bewegte sich das Haar, das unter der Dornenkrone dunkel hervorquoll, kaum merklich.

Da durchfuhr es Lulu mit neuem Schrecken. Sie warf noch einen langen Blick auf das Bild, unbewußt, wie um dessen Schönheit und Gewalt tief noch zu erfassen, seufzte schwer auf und trat, die Hände noch immer fest über der Brust zusammengepreßt, unsicher und zitternd wieder in den dunkeln Pfad zurück. Sie ging nicht schnell, das hätte sie nicht gekonnt. Jedes Gefühl in ihr war auf das äußerste angespannt. Sie hatte in dem heiteren Seelchen nicht Kraft genug, zu fassen, was sie gesehen, und ging in schwerer Dumpfheit durch den mondbeschienenen Garten. Seit sie die Erscheinung nicht mehr vor Augen hatte, wuchs in ihr das befremdliche Grauenhafte über jede andere Empfindung. Nicht zurück, nicht nach den Seiten wagte sie zu blicken. Mit niedergeschlagenen Augen, so daß sie nur bei jedem Schritte von dem nächtlichen Garten einen feucht glänzenden Streifen Weg und Wiese schimmern sah, ging sie langsam vorwärts. Dem Hause schien sie nicht näher kommen zu können, so dehnte sich der nebelhafte, durchleuchtete Raum, der sie von ihrem sichern Kämmerchen trennte, vor ihr aus. Von der Gewalt des Erlebnisses war sie ganz niedergebeugt, wie ein erschrecktes Vögelchen in sich zusammengeduckt, und wußte nicht, was sie mit sich selbst beginnen sollte.

Das heitere, leichtsinnige Geschöpf, das die Gewalt, das Verzehrende und den Ernst der Liebe nicht anerkennen wollte, war nun mit einem Male ganz davon geängstigt und überwältigt. Sie entsetzte sich davor. Die Liebe erschien ihr wie ein drohendes Unheil. Da sie selbst nicht imstande war, leidenschaftlich über alles Hindernde hinausstrebend zu lieben, war ihr die Gewalt, die sie in einem anderen Herzen erregt hatte, doppelt fremd und erschreckend. Und ähnlich, wie der Gedanke an den Tod sie mit Grauen erfüllte, so erschütterte sie die Vorstellung der Leidenschaft, die sich ihr übermächtig offenbart hatte.

Da gedachte sie des Abends, als Valentin ihr die Geschichte der Apollonia mit der ganzen Kraft seiner eigenen Empfindung erzählt und wie sie fast widerwillig zugehört und an der Erzählung keinen Gefallen hatte finden können.

Endlich war sie vor ihrem Fenster angelangt, blieb aber lange regungslos, ohne daß sie wagte einzuschlüpfen. Immer von neuem durchschauerte sie die fremdartige Gewalt der Erscheinung.

Als sie in ihrer Kammer angstvoll und bewegt stand, das Fenster geschlossen und den Vorhang fest zugezogen hatte, da fühlte sie sich etwas gesichert und von dem, was ihr draußen in der Nacht erschienen war, getrennt.

Sie zündete ein Licht an. Vor Erregung standen ihr heiße Tränen in den Augen. Ein Madonnenbildchen hing über ihrem Bette, darauf waren Lulus Blicke gerichtet. Sie hob die gefalteten Hände und flüsterte: »Hilf mir; beschütze mich!« Dann begann sie sich auszukleiden; als sie sich aber niederlegen wollte, wurde es ihr sehr bänglich zumut. Sie blieb mit offenen Augen stehen und blickte unschlüssig vor sich hin.

Nach einer Weile nahm sie ihr Licht, schob den Riegel von der Tür vorsichtig zurück und schaute in die große Bügelstube hinein. Da lag Frau Ambrosius und schlief den Schlaf der Gerechten. Lulu wollte sie wecken, entschloß sich aber nicht dazu. Sie schlich wieder zurück, holte geräuschlos Decken und Kissen, ging damit sachte, wie ein Geistchen, bis an das Bett der Mutter, machte sich dort ein Lager zurecht, löschte in ihrer Kammer das Licht und legte sich dann nahe bei der guten Frau Ambrosius nieder. Aber zum Einschlafen konnte die Kleine lange nicht kommen. Wenn sie die Augen schloß, stand das geisterhafte Bild lebendig und gewaltig vor ihr, und immer von neuem erlebte sie die übermächtige Bewegung. Als Frau Ambrosius mit dem Frühesten erwachte, fielen ihre Blicke auf das Töchterchen, das in die Decke gewickelt vor ihrem Bette lag und schlief.

»Da hat die Katze sich gefürchtet«, sagte die Frau vor sich hin und schüttelte lächelnd den Kopf. Schnell war sie auf und fertig, nahm dann die nach langem Wachen festschlafende Lulu in die Höhe und legte den Schelm auf das eigene Bett hinauf. Sie hatte ihren Spaß daran, daß das verschlafene Ding gar nichts davon gemerkt hatte, und schaute sie sich an, weil sie gar so frisch und reizend vor ihr lag. Hätte sie geahnt, welch Geheimnis der hübsche Mund verschloß und welchen Schrecken und Gewalten der Morgenschlaf die Kleine entrückt hatte!

Als Valentin an diesem Morgen in die Werkstatt kam und sich schweigend und düster an seine Arbeit machte, erschrak der Meister beinahe vor dessen Aussehen und betrachtete ihn. Valentin hörte und sah nicht, was um ihn her vorging, und war schwer befangen. Nach der Arbeitszeit, als er ohne aufzublicken in der Werkstatt zurückblieb, trat der Meister auf ihn zu und sagte: »Ich meine es gut mit dir. Daß du einen Kummer hast, haben die Frau und ich längst bemerkt. Willst du es mir sagen? Ich glaube, daß es gut für dich sein würde. – Mir hat dein Umgang drüben mit den Ambrosiussens lange schon nicht gefallen, alter Junge«, dabei klopfte der gutmütige Meister seinem Gesellen auf die Schulter. Dem aber stieg in sein bleiches Gesicht dunkle Röte.

»Drüben wird das Haus bald leer sein«, fuhr der Meister fort. »Das drückt dir am Herzen, nicht wahr?« Valentin aber erwiderte nichts.

»Nun, nun, das gibt sich«, meinte sein Brotherr. »Laß nur die Zeit vergehen«, und er ging, da er nichts Besseres zu sagen wußte, aus der Werkstatt.

In Valentins Seele aber sah es böse aus. In der einsamen Nacht, die er bis auf das äußerste erregt verbracht hatte, waren ihm mit einem Male und zu spät, als die Tat geschehen, die Augen aufgegangen, und er hatte sich entsetzt, als er sich bewußt geworden war, daß er das Heiligste in seine Liebe mit hineingezogen habe. Tiefstes

Erschrecken über das, was er getan, eine peinigende Furcht vor sich selbst war mit einem Male in ihn eingezogen, und Angst durchdrang ihn, als er sich überlegte, wie blind und heiß er nach dem jetzt wieder Undenkbaren gestrebt hatte. Ihm war, als könne er keinen Menschen frei anblicken; die Möglichkeit, Lulu wiederzusehen, erfüllte ihn mit Verwirrung.

Er durfte und konnte ihr nicht wieder begegnen und fühlte fast mit Beruhigung sich ewig von ihr getrennt. Er wagte kaum Schmerz zu empfinden, denn er schien sich so tief schuldig, daß er ohne Murren jedes Leiden ertragen hätte.

Die Freundlichkeit seines Meisters verwunderte ihn, denn da, als der Gute in vollem Wohlwollen ihm tröstend auf die Schulter geklopft hatte, war ihm seine Schuld so zu Kopfe gestiegen, daß es ihn schwindelte. Er wäre am liebsten vor seinem Meister niedergefallen, nicht um zu gestehen, denn wie wären die Worte, die sein Geständnis ausgemacht hätten, ihm über die Lippen gekommen. Dunkel empfand er, er wolle um Verachtung, – Elend, Tod bitten. Valentin hatte sich selbst vollkommen verloren. Daß in ihm Widerstandsfähigkeit lebte, mit der er sich jedem Sturm gegenüber eine Meile behaupten könne, fühlte er nicht. Er war von seiner Art zu empfinden ganz niedergeschmettert und wagte in demütiger Zerknirschung keinem Gefühle, das anklagend in ihm auftauchte, sich entgegenzustellen.

So lebte er hin, tat seine Arbeit, und zwar besser als je, antwortete auf alle Fragen des Meisters, die die Arbeit betrafen, kurz und ruhig, sonst aber war er verschlossen und unnahbar.

An dem Tage vor Lulus Abreise stand er in seiner Kammer. Es war gegen Abend, die Luft gewitterschwül, und er hörte hin und wieder einen Windstoß in den Baumkronen des für ihn so sehr verhängnisvollen Nachbargartens. Da mit einem Male durchbrach die Sehnsucht nach dem geliebten Geschöpf mächtig sein niederdrückendes Schuldbewußtsein. Zum ersten Male stieg seit jener Nacht der Trennungsschmerz gewaltsam in ihm auf, so daß jeder andere Gedanke, jedes andere Gefühl davor zurückweichen mußte. Fast ohne zu wissen, was er tat, ging er durch das Haus, über den Hof, durch den Garten des Meisters und nahm seinen Weg über den Zaun. – Noch einmal mußte er ihr nahe sein.

Am Himmel standen dunkle Gewitterwolken, und die spätsommerliche Schwüle, die in der Luft lag, war niederdrückend. Die warmen Windstöße wurden immer heftiger und alles bog und neigte sich ihrer Gewalt. In den hohen Bäumen verfing der Sturm sich wirbelnd, und in dem fahlen Lichte sah das Laub herbstlich und grau aus. Das ist das Ende! dachte Valentin. – Er wußte, daß Lulu ihm jetzt nicht begegnen konnte, und ging mit klopfendem, verlangendem Herzen und als lade er eine neue Schuld auf sich, dadurch, daß er seiner Leidenschaft, die ihn zu großem Unrecht getrieben, wieder Bahn ließ, dem Hause zu.

In das Rauschen des Sturmes mischten sich entfernt verhallende Donnerschläge, und die großen Tropfen fielen. Er ging und starrte düster vor sich hin. Da stand er nahe vor dem Hause; die Fenster glänzten bleifarben durch die schwere Luft Er blieb betroffen stehen, tat keinen Schritt weiter vorwärts. – Ein unsagbarer Schmerz stieg ihm zu Herzen. – Dann schlich er durch den Garten, über den das Gewitter mit voller Macht hinzog, langsam zurück.

Tags darauf, als das Nachbarhaus ganz verlassen und öde war, ging Valentin in der Dämmerung auf der Straße daran vorüber. Er trug etwas, das er unter einem Tuche verborgen hielt, und schritt langsam und bedrückt der Wohnung des Malers zu. Er wußte, daß um diese Stunde der Alte nicht zu Hause zu treffen war, kam in das Atelier, ohne jemand zu begegnen, schlug die Truhe auf und legte das, was er vor Tagen daraus entnommen, wieder zurück und schloß den Deckel sachte darüber. In der Küche hörte er die Haushälterin wirtschaften und das Holzfeuer auf dem offenen Herde knistern. Er wurde nicht bemerkt, trat in das Freie und saß bald darauf hoffnungslos, schwer getroffen mit den Meistersleuten und Karl Frey bei der Abendmahlzeit.

Manches Jahr blieb Valentin in dem Städtchen und führte ein stilles Leben. Der Meister hatte Wohlwollen zu ihm gefaßt, war mit ihm zufrieden und konnte es auch sein, denn aus dem Gesellen, der in frühester Jugend eine Scheu vor der Macht der Arbeit, welche ihm auf dem Leben schwer zu lasten schien, empfunden hatte, war mit der Zeit ein zuverlässiger, fleißiger Mann geworden, der dem alten Meister Hilfe und Stütze im Geschäfte sein konnte. Valentin selbst hatte eine ruhige Zuflucht für sein bedrängtes Herz in der einst von ihm mißachteten Arbeit gefunden. Er gesundete an ihr von den Peinigungen eines schweren, eigentümlichen Schicksals, dessen Gewalt er schweigend wie ein Geheimnis getragen hatte.

Auf das tiefste war er von seiner Schuld durchdrungen. Sein gläubiges Gemüt hatte bei der vollen Erkenntnis dessen, was er getan, gelitten, und die Empfindung, daß er zu jeder Strafe bereit sein müsse ohne zu klagen, war seiner Natur nach in ihm entstanden. Nach der Trennung von der mit gewaltsamer Leidenschaft Geliebten stieg unmerklich aus ihm selbst eine wunderliche Sühne auf, die er voll erfaßte, ruhig hinnahm und gegen die er nicht zu handeln wagte. In Unterwerfung und Demut fühlte er sich selbst in der ersten, mächtigsten Erregung keines Glückes mehr wert, und keines Leidens und Klagens. In eine wunschlose Öde war er mit einem Male gestoßen. Er hätte den Mut nicht gehabt, etwas für sich zu erbitten und etwas, was ihm versagt wurde, zu beklagen; so tief fühlte er sich schuldig. Er versagte sich deshalb, soweit dies denkbar ist, das Leiden um Lulu, und er tat dieses, als müßte er es aus unerbittlicher Naturnotwendigkeit tun.

Auch jede Wehmut bekämpfte Valentin wie einen strafbaren Gedanken, bekämpfte, von dem quälenden Bewußtsein seines Unrechtes nicht freigelassen, das berauschende Sichhingeben an den Schmerz, in das andere sich wie in ein Meer hineinstürzen, darin unterzugehen meinen, doch von den Wogen nur betäubt, unendlich hin und her getrieben, abgemattet, lebensmüde auf ein ödes Ufer geschwemmt werden. Indem Valentin in Reue und Demut nicht zu klagen wagte über das Schwerste, was einem Herzen angetan werden konnte, indem er scheinbar sich strafte, hatte er das Weiseste vollbracht, was ein Mensch ersinnen mochte, um einem Schmerze zu entfliehen. So groß sein Leiden war, wurde es dadurch, daß er es vor sich selbst verleugnete, um seine größte Kraft betrogen, denn nur dann, wenn es vollkommen rückhaltlos mit uns eins wird, dann erst ist es mächtig, läßt von uns nicht ab, zehrt an uns, durchdringt jede Faser und scheidet den, in den es eingezogen, vom Leben. Valentin gesundete, während er schwer zu büßen glaubte, und ohne daß er es gewahr wurde, lag nach einem Zeitraum das Erlebte unbestimmt, nebelhaft hinter ihm. Und er saß Tag für Tag in seiner Werkstatt und arbeitete ruhig, von nichts mehr abgelenkt. Träumerei und phantastisches Drängen und Treiben, mit dem er begabt worden war, fanden jetzt keine Freistatt mehr, waren an ihm wie die erste Jugend vorübergezogen. Da es nutzlos für ihn schien, sich mit dergleichen abzugeben, fiel es in den reiferen Jahren, die mit den Kräften schon mehr haushielten, von ihm ab.

Diese unvollkommene, unnütze Gabe, die sich in ihm mit nichts, was ihm vollen Wert gegeben hätte, verbinden konnte, hatte ihn zu jener so schwer nachwirkenden, geheimnisvollen Tat getrieben. Und dennoch hatte diese Gabe etwas an ihm vollbracht und schien sich deshalb genügt und ihn verlassen zu haben. Wie es Tausenden ergeht, die in der Jugend träumen, berauscht leben und fühlen, und wenn sie in ein ruhiges Alter treten, solch wundervolles Leben wie eine abgetragene Kleidung beiseite legen und völlig ehrbar werden, so erging es Valentin. – Solche Naturen stehen unter dem Einfluß der verschiedenen Altersstufen und nicht unter der Gewalt des eigenen Charakters. Ihnen bringt die Kindheit Kindliches, so rein und frisch, wie sie es bringen kann – die Jugend, ganz Jugend, ahnungsvollstes Leben, Torheiten. Feuer und Leidenschaft schlägt ihre Herrschaft in ihnen auf, wie in einem Tempel, der nur zu Ehren dieser erbaut wurde, – doch läßt sie nichts von aller Herrlichkeit zurück, wenn es zum Scheiden kommt. Es gibt unzählige Menschen der Art, die nicht durch sich selbst, nur durch ihr Alter uns vor Augen geführt werden. Wäre das nicht der Fall, wie müßte man staunen, daß nicht mehr Wunder verrichtet werden, wenn man an die große Gewalt wundergläubiger, frischer Jugend denkt, die unübersehbar auf Erden verbreitet ist. Nur wenigen ist es vergönnt, die Macht und Reinheit junger Jahre festzuhalten und ihre Kräfte zu eigner Kraft zu machen. Solche halten die Lebensalter schön verbunden in sich selbst zusammen und es steht bestes von ihnen zu erwarten. Sie haben, was vorüberziehen wollte, unter ihre Herrschaft gebracht. Wenig ist ihnen geraubt und vieles gegeben. Valentin aber trat aus dem Jünglingsalter erleichterten Herzens und atmete in der Alltäglichkeit so frei und zufrieden, als lägen nicht, wenn er die Blicke nur heben wollte, lockende Weiten vor ihm und um ihn. Durch sein zufriedenes, von Erinnerung kaum mehr behelligtes Leben war mit seiner Schönheit ein Wandel vorgegangen. Das Zarte, Geistige, was seinen Zügen und seiner Gestalt einen so wunderbaren Reiz verliehen hatte, der vor Zeiten von den Nachbarsleuten Übel gedeutet worden war und der diesen von je ein ärgerlicher, fremder Anblick gewesen, diese Weihe der Schönheit war mit den Jahren von ihm gewichen. Das Leben hatte das seinige dazu getan. Er war gehörig voller und stämmiger geworden. Seine Gesichtszüge hatten sich nicht verändert, nur standen sie jetzt in einem ungleichen Verhältnis zu den Wangen, die aus ihren seinen Formen getreten waren, sich verbreitert hatten und Augen, Nase und Mund gleichsam einzuengen schienen.

Da geschah es, daß ihm eines Tages der Tod seines Vaters gemeldet wurde. Er hatte den Alten seit Jahren nicht wieder gesehen. Meister Bärlein war am Schlagfluß gestorben, nachdem er bis dahin friedlich und in erträglicher Gesundheit seine Jahre auf dem Kannerückchen zugebracht. So schnell es ging, machte Valentin sich auf, um nach seiner Vaterstadt zu reisen.

An einem Frühlingstage langte er dort an. Das Begräbnis des Vaters hatten sie ohne ihn abhalten müssen, und er stand in der wohlbekannten, traurig verlassenen Werkstatt allein. Die Geigen hingen noch immer wie sonst an dem Fenster, und die Sonne warf deren Schatten langgestreckt, wie Valentin es oft in seiner Kindheit beobachtet hatte, auf die Dielen. Jetzt lag ihm als erste Pflicht ob, den Nachbarn für die geleistete Hilfe bei des Vaters Begräbnis zu danken. Er zog seinen Sonntagsrock an und ging mit einer der Sache angemessenen, bewegten, doch würdigen Haltung aus seinem väterlichen Hause.

Viele der Nachbarsleute saßen an dem schönen Frühlingsnachmittage an den offenen Fenstern und vor ihren Türen und wollten den Augen nicht trauen, als sie in dem stattlichen Mann den Valentin erkannten.

Daß er angekommen sei, wußten sie; die Geschwister Degele hatten ihn bewillkommt, und, so schnell wie es ihnen möglich war, seine Ankunft auf dem Kannerückchen verbreitet. »Der Tausend, hat der sich herausgemacht«, sagte Jette Degele, als sie die Neuigkeit dem ersten besten mitgeteilt hatte. »Man sollte es nicht für möglich halten, daß aus einem so windigen, unnützen Burschen so etwas Reputierliches werden könne.«

Die Nachbarn empfingen ihn alle mit einer gewissen achtungsvollen Scheu, die Valentin, welcher von ihrer Seite von früher her an eine ganz andere Art der Behandlung gewohnt war, außerordentlich wohl tat. Zum ersten Male behandelten sie ihn als ihresgleichen mit einer gewissen Vertraulichkeit, die zwar noch nicht recht zum Durchbruch kommen konnte, aber schon bei der ersten Begegnung auf dem Wege dazu war. Die Nachbarn schienen alle von seinem hübschen, ruhigen Benehmen befriedigt und angenehm berührt zu sein. »Da ist nichts mehr, was einem an dem Menschen fremd ansieht. Das hat sich alles ausgeglichen«, sagte einer, der früher besonderen Widerwillen gegen den ernst schönen, unnahbaren Burschen gehegt hatte.

Und so war es auch. – Manche Naturen werden von einem gewaltigen Schmerz, den sie überstanden haben, nicht gereinigt und verklärt, sondern das Zarte, Unschuldsvolle ihrer Seele, das sie vor anderen auszeichnete, wird ihnen vom Unglück, das über sie hinwegging, verwischt, und sie gehen daraus hervor, ihres Besten beraubt, stumpf, gleichgültig, kleinlich, nicht mehr unschuldig, ganz wie die Gewöhnlichen, die ihnen früher ihrer Reinheit und Unberührtheit halber gram waren. Dann aber geht die gute Zeit für die sonst Vereinsamten erst an; Gevattern hier und dort, gut Freund auf Weg und Steg und leidliche Sicherheit vor übler Nachrede, und Behagen und Ruhe, wenn sie nur halbwegs ihren Pflichten nachkommen.

Als die alte Machlett, die etwas gebrechlich geworden war, Valentin zum ersten Male wiedersah, da wollte sie es gar nicht glauben, daß sich ihr Bürschchen so sehr verändert habe. Sie schüttelte wehmütig den Kopf und sagte: »Du warst ein gar lieber Junge. Nun, wir bleiben gute Freunde, denke ich, so lange ich es noch mitmache, auch jetzt noch«, und sie reichte ihm die Hand hin.

Valentin fühlte sich allmählich ganz behaglich und wohl auf dem heimatlichen Kannerückchen. Das hätte er wohl früher nicht gedacht, daß es ihm hier so gut zumute sein könnte. Er ließ das alte Lädchen schön herrichten, die Fensterrahmen innen blau anstreichen, weil das hübsch zu den Geigen stand, und von außen ließ er das Holzwerk glänzend braun lackieren.

Auf dem Kannerückchen war ein Jahr vor Valentins Ankunft eine Bäckerswitwe mit zwei Kindern hingezogen; die war eine noch junge und frische, behäbige Frau, stand bei den Leuten in bestem Ansehen und verdiente sich ein Stück Geld mit Weißnäherei. Man konnte ihr in keiner Weise etwas Übles nachsagen, und es dauerte gar nicht lange, da hatten die Nachbarn es damit vor, die junge Frau mit Valentin zusammenzubringen. Und es machte sich auch bald, ganz wie von selbst, daß auf dem Kannerückchen Hochzeit gefeiert wurde.

Die Jahre gingen hin, da saß Valentin in einem schönen, geblümten Schlafrock, den ihm die Frau verehrt hatte, auf einer grünen Bank vor der Haustüre; vor ihm unter den Eichen spielten, mit unter denen, die sich hier aus Gassen und Gäßchen zusammengefunden hatten, seine eigenen und die Kinder seiner Frau. Der schön entwickelte Baum auf dem Eichenplatze, der sich vor seinen Kameraden so kräftig herausgemacht hatte, wurde voller und schöner von Jahr zu Jahr und erfüllte seine Bestimmung, Geschlechter zu überdauern, mit Stolz und Kraft. –

Wenn der Instrumentenmacher so in der Dämmerstunde seinen lärmenden Buben von dem hohen Kannerückchen aus zuschaute, ob da nicht ein Widerschein der alten Schönheit über sein Gesicht zog, ob da nicht Unglaubliches in dem guten Hirn des Bürgers auftauchte und ob nicht fernes, wunderbares Glück und Leid ihn sehnsüchtig aufatmen ließ?

Über tradition

Eigenes Buch veröffentlichen

tradition wurde 2006 in Hamburg gegründet und hat seither mehrere tausend Buchtitel veröffentlicht. Autoren veröffentlichen in wenigen leichten Schritten gedruckte Bücher, e-Books und audio-Books. tradition hat das Ziel, die beste und fairste Veröffentlichungsmöglichkeit für Autoren zu bieten.

tradition wurde mit der Erkenntnis gegründet, dass nur etwa jedes 200. bei Verlagen eingereichte Manuskript veröffentlicht wird. Dabei hat jedes Buch seinen Markt, also seine Leser. tradition sorgt dafür, dass für jedes Buch die Leserschaft auch erreicht wird.

Im einzigartigen Literatur-Netzwerk von tradition bieten zahlreiche Literatur-Partner (das sind Lektoren, Übersetzer, Hörbuchsprecher und Illustratoren) ihre Dienstleistung an, um Manuskripte zu verbessern oder die Vielfalt zu erhöhen. Autoren vereinbaren direkt mit den Literatur-Partnern die Konditionen ihrer Zusammenarbeit und partizipieren gemeinsam am Erfolg des Buches.

Das gesamte Verlagsprogramm von tradition ist bei allen stationären Buchhandlungen und Online-Buchhändlern wie z. B. Amazon erhältlich. e-Books stehen bei den führenden Online-Portalen (z. B. iBookstore von Apple oder Kindle von Amazon) zum Verkauf.

Einfach leicht ein Buch veröffentlichen: **www.tredition.de**

Eigene Buchreihe oder eigenen Verlag gründen

Seit 2009 bietet tredition sein Verlagskonzept auch als sogenanntes "White-Label" an. Das bedeutet, dass andere Unternehmen, Institutionen und Personen risikofrei und unkompliziert selbst zum Herausgeber von Büchern und Buchreihen unter eigener Marke werden können. tredition übernimmt dabei das komplette Herstellungs- und Distributionsrisiko.

Zahlreiche Zeitschriften-, Zeitungs- und Buchverlage, Universitäten, Forschungseinrichtungen u.v.m. nutzen diese Dienstleistung von tredition, um unter eigener Marke ohne Risiko Bücher zu verlegen.

Alle Informationen im Internet: **www.tredition.de/fuer-verlage**

tredition wurde mit mehreren Innovationspreisen ausgezeichnet, u. a. mit dem Webfuture Award und dem Innovationspreis der Buch Digitale.

tredition ist Mitglied im Börsenverein des Deutschen Buchhandels.

Dieses Werk elektronisch lesen

Dieses Werk ist Teil der Gutenberg-DE Edition DVD. Diese enthält das komplette Archiv des Projekt Gutenberg-DE. Die DVD ist im Internet erhältlich auf **http://gutenbergshop.abc.de**

Zeitfracht Medien GmbH
Ferdinand-Jühlke-Straße 7
99095 Erfurt, Deutschland
produktsicherheit@kolibri360.de